THE WISDOM OF SUNDAYS

오프라 윈프리,
세기의 지성에게 삶의 길을 묻다

위즈덤

THE WISDOM OF SUNDAYS

오프라 윈프리 지음
노혜숙 옮김

다산책방

THE WISDOM OF SUNDAYS

차례

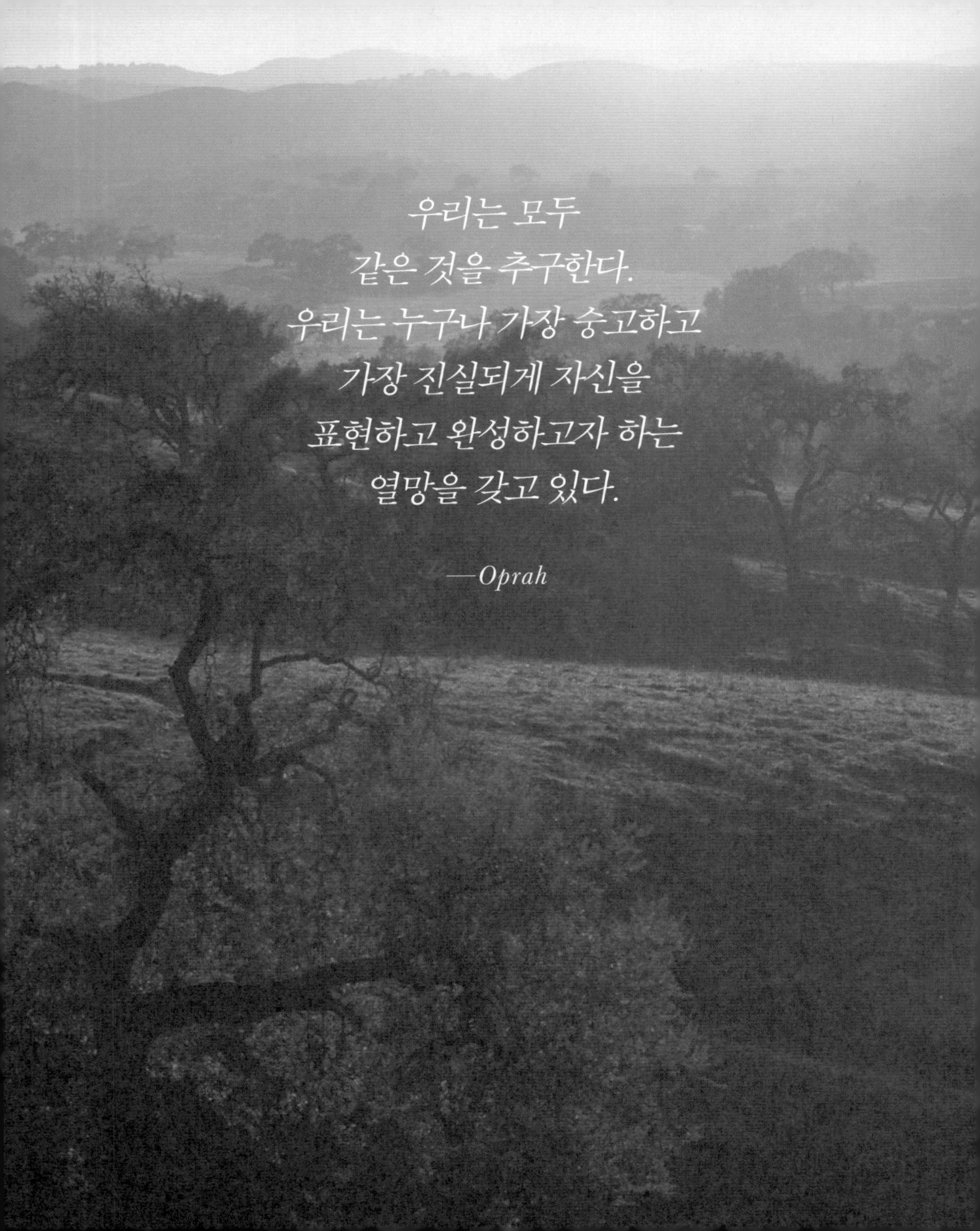

우리는 모두
같은 것을 추구한다.
우리는 누구나 가장 숭고하고
가장 진실되게 자신을
표현하고 완성하고자 하는
열망을 갖고 있다.

—*Oprah*

INTRODUCTION

서문

인생에서 우리가 누릴 수 있는 특권은 '진정한 자기 자신'이 되는 것이다

•

나에게 주어진 소명 중 하나는 사람들이 진정으로 자신이 누구인지,
그리고 스스로의 가능성이 어디까지인지 알고 자신의 비전을 확장하도록
서로의 생각을 연결해주는 일이라고 믿는다.
그래서 나는 〈슈퍼 소울 선데이Super Soul Sunday〉라는 프로그램을 제작했다.
마음이 활짝 열리는 인터뷰를 2백 시간 넘게 촬영하면서
나는 우리에게 진정한 깨달음을 주는 책, 우리가 쉽게 이해할 수 있고 영감을 얻고
영원히 마음에 지닐 수 있는 말들이 담긴 책을 구상하기 시작했다.
이 책에 실린 사진도 내게는 의미가 깊다. 대부분 산타바바라에 있는
내 집에서 찍은 것으로 나는 이곳에서 신이 지금 여기에 존재하며
나 자신보다 거대한 모든 것들에 내가 연결되어 있음을 가장 깊이 느낀다.
개들과 함께하는 아침 산책은 내게 기도나 다름없다.
나는 천천히 여유를 가지고 나를 둘러싼 자연의 눈부심을 만끽한다.
돌 틈 사이에서 자라난 물방울풀, 떨어진 도토리, 새둥지……
이것들은 우리가 사는 세상의 장엄한 풍요로움을 보여주는 동시에
일상에서 미처 보지 못하고 지나가는 세세한 부분들이 있다는 것을 알게 해준다.
영성 그 자체와 마찬가지로, 가장 단순한 사물이라도 경건한 마음으로 바라보면
전혀 새로운 의미를 발견할 수 있다. 문득 풀잎 하나가 범상치 않게

두드러져 보이다가 마침내 기적과도 같은 아름다움을 드러낸다.
나는 독자들이 이 책을 읽는 동안 삶의 위안을 얻을 수 있는
작은 공간들을 찾아, 그 의미를 이해하고 놀랍고도 새로운 존재를 향해 가는 길을
발견하길 바란다. 이 책에는 〈슈퍼 소울 선데이〉 프로그램에서 받은
가장 감동적인 영적 교훈들, 반짝이는 재기, '아하'의 순간들이 담겨 있다.
그 순간들은 지금도 내게 울림을 준다.
내가 확실히 알고 있는 한 가지는 우리가 자기 자신에게 줄 수 있는
가장 값진 선물은 우리 자신의 고유한 영혼을 보살피는 시간이라는 것이다.
당신이나 나나, 우리는 각자 다른 길을 걸어간다.
당신이 걸어가는 길을 똑같이 걸으면서 당신이 경험하는 것을
똑같이 경험하는 사람은 없다. 하지만 모든 고통은 다 같다.
우리가 느끼는 슬픔, 비탄, 기쁨, 승리감은 인간이라는 하나의 끈으로
우리를 묶어놓는다. 그 연결을 빨리 깨달을수록 우리는 보다 고양된 삶을 살 수 있다.
영성 지도자들에게서 배우는 것은 우리가 하는 모든 결정이
삶의 본질을 향해 간다는 사실이다.
미국의 위대한 신화학자이자 저술가, 철학자인 조지프 캠벨은 이런 말을 했다.
"인생에서 우리가 누릴 수 있는 특권은 진정한 자기 자신이 되는 것이다."
나는 우리가 이 세상을 사는 궁극적인 목적은 우리 삶 속에서
이미 작용하고 있는 위대한 영적인 힘, 신성한 나침반이 가리키는 방향과
우리 자신을 나란히 놓는 것이라고 믿는다.
이 책이 당신이 가고자 하는 길을 갈 때 그 앞을 환하게 비춰줄 수 있기를 바란다.
그 여행을 받아들이고 즐기기 바란다!

내게 영성이란
모든 창조물의 에너지가
서로 연결되어 있어서
내가 그 일부이고
그것이 내 일부임을
인식하는 것이다.
—Oprah

1장

깨어 있음

AWAKENING

몇 년 전 영성 지도자로 널리 알려진 캐롤라인 미스를 〈오프라 윈프리 쇼〉에 초대한 적이 있다.

치유와 직관에 관한 그녀의 연구가 무척이나 획기적이고 흥미로워서 내가 알게 된 것을 사람들에게 하루빨리 소개하고 싶었다. 청중도 나와 같은 영적 깨우침을 경험할 것이라고 기대했다.

하지만 불행히도 그런 일은 일어나지 않았다.

처음 5분 동안 캐롤라인과 나는 영성과 영혼을 돌보는 이야기에 푹 빠져 있었다. 그런데 어느 순간 방청객들이 우리가 외국어로 대화를 나누기라도 하는 양 쳐다보고 있는 것을 깨달았다. 나는 녹화를 멈추고 방청객에게 캐롤라인과 내가 무슨 이야기를 하고 있는지 이해하느냐고 물었다. 한 여성이 용감하게 자리에서 일어나 말했다. "아니요, 잘 모르겠어요. 영성이란 게 뭔가요? 예수를 말하는 건가요?"

"아니요." 내가 대답했다. "우리는 당신에 대해 이야기하고 있습니다."

그녀는 영성이라는 단어가 자신에게 종교가 그렇듯 저 밖에 있는 무언가를 뜻하는 줄 알았다고 덧붙였다.

나는 정신이 번쩍 들었다. 당시에는 영성이나 영혼과 같은 개념이 많은 사람에게 익숙하지 않았던 것이다.

그 이후로 먼 길을 걸어왔지만 나는 오래도록 그녀가 솔직하게 말해준 것을 고맙게 생각할 것이다. 덕분에 모든 사람은 영적인 발전에서 저마다 다른 단계에 있다는 사실을 잊지 않게 되었다. 그리고, 어떤 길도 같지 않다는 사실 역시.

우리는 녹화를 재개했다. 나는 캐롤라인에게 그녀가 말하는 영성이란 무엇을 의미하는지 설명해달라고 부탁했다. 그리고 몇 해가 지난 지금도 〈슈퍼 소울 선데이〉의 대부분의 회차에서 같은 질문을 하고 있다. "당신에게 영성이란 어떤 의미입니까?"

이 장에 나오는 모든 교훈을 관통하는 메시지는 우리 개개인이 자신만의 영적 본질을 지니고 있다는 사실이다.

그러한 우리 내면의 본질과 보다 깊이 연결되기 시작하면 이 책에 나오는 어떤 문구들이 번갯불에 맞은 것처럼 강렬하게, 또는 "맞아!" 하고 외치는 작은 떨림으로 가슴에 와닿는 것을 느낄 것이다.

나 역시 직접 경험해봐서 잘 알고 있다. 뭔가가 가슴에 깊이 와닿으면 그게 마치 진리를 비추는 등불처럼 느껴진다. 이 책에 등장하는 위대한 영성 지도자들이 내게 가르쳐준 것처럼 이제 당신도 깨달음을 얻을 것이다. 영성은 영성을 알아보고 공명한다.

그것이 궁극적인 '아하'의 순간이다.

—*Oprah*

우리의 영성은 의미와 목적을
추구하는 우리의 일부다.
이것은 영성을 설명하는 방법 중 하나다.
또 영성은 우리를 희망으로
이끌어서 절망에 굴복하지 않게 하는
우리의 일부이기도 하다.
우리의 영성은 선을 믿으며,
더 중요한 무언가를 믿는다.

— 캐롤라인 미스

오감을 넘어서면 깨어나기 시작합니다

GARY ZUKAV

게리 주커브 내가 말하고자 하는 것은 시각, 미각, 촉각, 청각, 후각이라는 오감을 넘어서는 인식의 확장에 대한 것입니다. 사람이 다중감각을 사용하면 깨어나기 시작합니다. 그래서 삶에는 의미가 있고, 나에게는 목적이 있으며, 나는 이 마음과 몸보다 더 큰 존재라는 것을 이해하게 됩니다. 분자와 수상돌기와 신경계와 효소가 전부는 아니라는 사실을 알게 됩니다.

나의 일부는 영원합니다. 다중감각을 인식하는 것은 우리를 좀 더 친절하거나 인내하거나 배려하거나 화를 덜 내는 사람이 되게 하는 것이 아니라 우리를 좀 더 깨어 있게 하는 것입니다. 우리가 그런 감각을 얻게 되면 영성이 움직이기 시작합니다.

우리는 이미 답을 알고 있습니다

ECKHART TOLLE

에크하르트 톨레 인생의 참된 진리는 우리에게 전혀 새로운 것이 아닙니다. 우리는 마음 깊은 곳에서 이미 그 모든 것을 알고 있기 때문입니다. 그 모든 영적 진리에 대해 우리는 이미 읽거나 들어서 알고 있어요. 결국은 새로운 정보가 아니지요.

오프라 공명이죠. 어떤 식으로든 묻혀 있거나 억눌려 있는 것과 공명하는 것이죠.

에크하르트 톨레 그렇습니다.

오프라 우리의 의식이 어떤 메시지가 갖고 있는 의식을 알아보는 것이죠.

에크하르트 톨레 그렇지요. 그건 깨달음입니다. 우리 안에서 앎이 깨어나 자라는 것이죠. 그것이 점차 수면 위로 올라옵니다. 앎이 자랄수록 우리는 점차 열린 마음으로 영적 진리에 귀를 기울이게 됩니다. 그다음에는 우리 삶 속에서 그 진리를 실천하게 되지요.

우리 안에는 이토록
광활한 내면세계가 있다.
이 세계를 우리는 영혼의 삶이라고
부를 수 있을 것이다.
시인들, 신비주의자들, 그리고 보통 사람들도
이것을 뭐라고 부를 것인지를 두고
오랜 세월 궁리해왔다.
그 안에는 내면의 침묵이 있다.
놀라운 신비가 떠다니고 있다.
그곳에 우리 내면의 신성한 삶이 있다.

—수 몽크 키드

생각과 생각 사이 작은 공간에 자유가 있습니다

DEEPAK CHOPRA

디팩 초프라 우리의 생명을 이루고 있는 몸, 마음, 영혼이라고 부르는 부분들에 대해 아주 단순하고 짧게 설명해보겠습니다. 우리의 몸은 크게 탄소, 수소, 산소, 질소로 만들어져 있죠. 우리는 한때 우주를 순환하던 먼지를 갖고 있습니다. 우리 몸 안에는 적어도 백만 개의 원자가 있습니다. 지난 3주 사이에 이 지구상의 온갖 생명체의 몸을 거쳐온 천조 개의 원자가 다시 우리의 몸을 거쳐 갔습니다. 우리는 이런 몸을 시공간 안에서 3차원의 구조로 느낍니다.

우리는 마음이 어디에 있는지 알고 있습니다. 우리는 생각, 느낌, 감정, 인식을 통해 마음을 경험합니다. 그러면 영혼은 어디에 있을까요? 생각과 생각 사이에는 작은 공간이 있습니다. 우리가 느끼는 그 고요한 존재가 영혼이죠. 영혼은 우리가 아기일 때부터 거기에 있었습니다. 10대일 때도 거기에 있었습니다. 지금도 거기에 있습니다. 내일도 거기 있을 것입니다. 그러므로 우리가 영혼과 접촉하게 되면서 우리가 정말 누구인지 알게 된다면 그것이 자유로운 삶으로 가는 지름길입니다.

모든 사람은 스스로 알든 모르든 영적인 존재입니다

MICHAEL BERNARD BECKWITH

마이클 버나드 벡위스 모든 사람은 스스로 알든 모르든 영적인 존재입니다. 나는 영적이라는 말이 개인들이 자신의 존재나 영혼의 차원을 향해 깨어 있다는 의미라고 생각합니다. 이러한 깨어 있음은 우리를 구성하는 가장 핵심적인 부분입니다. 존재의 영적 차원을 느끼기 시작할 때 우리는 사랑에 빠집니다. 자비에 빠집니다. 선함에 빠집니다. 또한 진정한 평화와 진정한 기쁨에 빠집니다. 그럼으로써 충만한 의미로 가득한 진실하고 참된 존재로 살아가는 삶이 시작됩니다.

깨어 있는 것은 지금 여기서 사는 것입니다

JACK KORNFIELD

잭 콘필드 깨어 있는 삶을 산다는 것은 지금 이 순간 여기에 존재하는 것입니다. 현재는 우리가 가진 전부입니다. 미래에 대한 생각은 생각일 뿐입니다. 미래를 예측할 순 있지만 믿을 순 없습니다. 절반은 현실이 되지 않기 때문이죠. 그리고 과거는 이미 지나간 것입니다. 과거를 생각해 얻는 것은 없습니다.

깨어 있는 것은 지금 여기서 사는 것입니다. 사랑하는 사람이나 반려견과 함께 있거나, 어떤 일이나 창작에 몰두하고 있거나, 진정으로 그 순간에 존재하는 것입니다. 그러지 않으면 두려움과 혼란에 사로잡히게 됩니다. 시인 하피즈는 말했습니다. "두려움은 가장 싸구려 방이다. 나는 당신이 더 나은 조건에서 사는 것을 보고 싶다."

그러니 깨어 있는 삶을 산다는 것은 우리가 느끼는 두려움, 모순 또는 혼란이 전부가 아님을 아는 것입니다. 우리는 어떤 상황에서도 자유와 존엄을 지킬 수 있습니다.

오프라 좀 더 깨어 있는 삶을 살려면 어떻게 해야 할까요?

잭 콘필드 우선 잠시 멈추어서 마음을 조용히 가라앉혀보세요. 그러고 나서 할 일을 하면 됩니다. 아침에 좀 더 일찍 일어나서, 밤에 잠자리에 들기 전에, 걷기 운동을 할 때, 아니면 이메일이나 트윗을 보내기 전에, 잠시 멈추어 심호흡을 하면서 "내 진정한 의도는 무엇인가?" 하고 묻는 것입니다. 마음에 귀를 기울이고 이렇게 물어보면 답을 들을 수 있습니다. 마음을 가라앉히면 자신과 대화할 수 있습니다. 따라서 가장 중요한 일은 때때로 자기 자신을 돌아보고 자신에게 귀 기울이는 시간을 갖는 것입니다. 마음을 가라앉힐 줄 아는 사람들은 특별한 요리법과도 같은 자신만의 방법을 갖고 있습니다. 우리는 운전을 배우듯 내면의 수행법을 배우고, 자신에게 맞는 방법을 찾을 수 있습니다. 두 번째는 자비와 용서입니다.

오프라 반드시 필요한 것이죠.

잭 콘필드 용서가 없다면 세상은 사라질 것입니다. 전쟁 포로였던 두 사람이 몇 년 뒤에 만나서 이런 대화를 나눕니다. "그때 당신을 포로로 잡은 자를 용서했습니까?" "아니요, 영원히 용서하지 않겠습니다." 그러자 질문한 사람이 말합니다. "그들이 당신을 아직도 감옥에 가두어놓고 있군요." 용서를 하면 과거로부터 자유로워집니다. 용서는 우리 자신을 위한 것입니다. 자신도 모르게 갇혀 있는 모든 어리석음이나 습관에서 해방되는 것입니다.

오프라 많은 사람들이 자신도 모르게 다양한 방법으로 스스로를 가두고 있지요.

잭 콘필드 다행히 우리는 거기서 벗어날 수 있습니다.

오프라 그럼요.

잭 콘필드 누구라도 벗어날 수 있습니다. 또한 용서는 아주 간단하게 할 수 있지요. 마음속을 들여다보고 그 안에서 용서를 합니다. 이렇게 아주 간단한 방법으로 되풀이합니다. 처음에는 효과가 없다고 느낄 수도 있어요. 하지만 바위 위에 떨어지는 물처럼 "그 사람을 절대 용서할 수 없을 거야. 나 자신을 절대 용서할 수 없을 거야." 하고 반복하면 어느 순간 그 사람은 지금 바하마에서 휴가를 신나게 즐길지 모르는데 나는 여기서 그 사람을 원망하고 있다는 것을 알게 되죠. 누가 고통을 받고 있을까요?

우리는 누구나 때로 어리석은 짓을 합니다. 우리 자신이나 누군가를 용서하지 못해서 괴로워하는 대신 자비심과 용서하는 마음으로 세상을 바라보세요. 이제 세 번째로 중요한 일은 기쁨과 행복감을 느끼며 사는 것입니다. 이것은 우리가 태어날 때부터 지닌 권리입니다. 불교의 가르침은 이런 권고로 시작합니다. '네가 원래 갖고 있는 온전함, 선함, 아름다움을 잊지 말고 선을 향해 가라.' 용서와 자비와 마음챙김을 수련하는 것으로 당신의 마음이 선을 향해 가게 하십시오. 상대방에게서 선함을 발견하십시오. 넬슨 만델라는 이렇게 말했습니다. "사람들이 가진 선함을 보면 절대 손해 보는 일이 없습니다. 그렇게 하면 그들이 알아서 더 잘하게 됩니다."

오프라 멋진 말이네요.

잭 콘필드 선생님이 아이들의 선한 면을 알아주면 아이들은 자신을 믿어주는 선생님을 사랑하게 됩니다. '선생님이 나를 이해하고 인정해주니 최선을 다해야지.' 우리는 선택할 수 있습니다. 우리에게 내재된 선을 향해 갈 수 있습니다.

오프라 그게 누구나 바라는 바가 아닐까요? 지금까지 수천 번 쇼를 진행하면서 대화와 깨달음을 통해 알게 된 것이 있습니다. 사람은 누구나 인정받고 싶어 합니다. 관심을 받길 원하고 자신이 중요한 사람이라 여기고 싶어 합니다. 따라서 우리가 누군가를 위해 할 수 있는 일은 우리가 그를 보고 그의 말을 듣고 있다는 걸 알게 해주는 것입니다.

잭 콘필드 좋은 말씀입니다. 누가 "작은 관심이라도 받고 싶어"라고 말할 때 그 사람이 원하는 건 하찮은 게 아닙니다. 그것이 우리가 사랑을 깨닫는 길입니다. 누군가에게 관심을 주는 일은 우리의 존재를 그들의 존재와 결합해 하나가 되게 하는 것이고 거기엔 사랑이 있습니다. 바로 그것을 통해 우리는 내면의 선함을 확인할 수 있습니다.

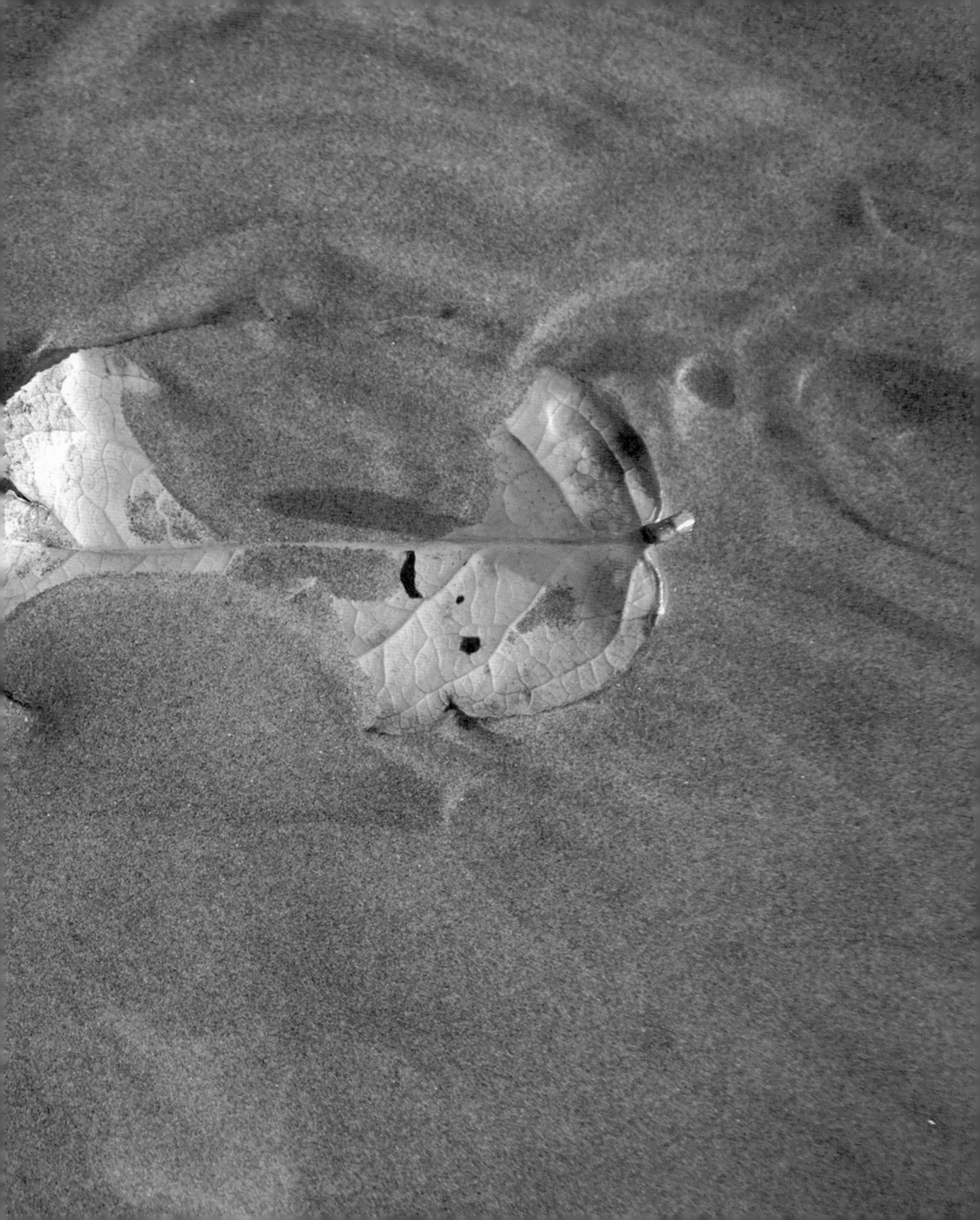

“당신이 모두를 사랑하기를 바랍니다”

RAM DASS

오프라 당신은 인도에서 구루를 만나 변화의 순간을 체험했다면서요?

람 다스 우리는 차를 몰고 히말라야의 산자락으로 들어가 길가에 있는 사원에 들렀습니다. 그때 본 광경을 말씀드리죠. 한 남자가 담요를 두르고 탁자 위에 앉아 있었고, 스무 명가량 되는 사람들이 남자를 둘러싼 채 그가 하는 이야기를 듣고 있었습니다.

오프라 그 남자의 발밑에 앉아서요.

람 다스 모두 흰 가운을 입고 그의 발밑에 앉아 있었습니다. 나는 거기 끼고 싶지 않아서 뒤편에 서 있었지요.

오프라 어쨌든 듣고 있었군요.

람 다스 그렇습니다. 그런데 그가 나를 가리키더군요. 그러고는 힌두어로 말했습니다. “당신은 어젯밤 바깥에 누워 별을 바라보며 어머니를 생각했습니다. 어머니가 돌아가셨군요.” 내가 대답했습니다. “맞습니다.” 어떻게 그 사실을 알았을까 생각하고 있는데 그가 말했습니다. “비장이군요.” 그건 실제로 어머니를 죽음으로 몰고 간 장기의 이름이었죠.

오프라 그래서 정신이 번쩍 들었겠군요.

람 다스 그렇습니다.

오프라 ‘이 사람은 대체 뭐지?’ 생각했겠군요.

람 다스 그렇지요. 이 사람 정체가 뭐지? 나를 어떻게 알지? 아무에게도 말하지 않은 일을 어떻게 알지? 어쨌든 기적 같은 일이었습니다. 그는 내 마음을 읽고 있었습니다. 그런 걸 다 안다면 어디까지 알고 있을까?

오프라 그런 걸 안다면 나를 아는 것이지요. 내 비밀까지도요.

람 다스 나는 그를 쳐다보았습니다. 그는 나를 사랑의 눈빛으로 바라보고 있었습니다. 조건 없는 사랑의 눈빛으로 말입니다. 그는 나를 온전히 사랑했습니다. 이전에는 그런 경험을 한 적이 없었습니다. 어떤 사람이 다른 사람을 사랑할 땐 그 사람이 좋은 사람이라고 생각해서 사랑하지요. 좋은 친구라고 말입니다. 그런데 그는 나의 모든 면을 사랑했습니다. 다른 사람들에게 알리고 싶지 않은 면까지도요.

오프라 그렇죠. 누구나 두려워하지요. '누가 내 참모습을 안다면……' 하고 생각하지요. '당신이 내 참모습을 안다면 나를 사랑하지 않을 거야'라고요.

람 다스 정확히 그렇습니다. 그런데 그는 나를 알고도 나를 사랑했어요. 나는 어느새 집에 돌아가자는 생각을 하고 있더군요.

오프라 그는 마하라지였지요? 당신이 그의 앞에 앉아서 사랑을 느꼈을 뿐 아니라 스스로 사랑이 되었고 사람들을 사랑하게 된 이야기를 해주겠어요?

람 다스 그는 거울처럼 내 영혼을 비추었습니다. 그는 내가 나의 영혼과 하나가 되게 해주었습니다. 내가 생각하는 나 자신이 아니라 진짜 내가 누구인지 알게 해주었습니다. 그리고 그가 말했어요, "당신이 모두를 사랑하기를 바랍니다."

오프라 그래서 당신은 돌아와서 이렇게 사랑과 사랑의 메시지를 전파하는군요.

람 다스 그렇습니다.

영성은 본능입니다

ELIZABETH LESSER

엘리자베스 레서 영성은 본능입니다. 우리는 먹고 자고 일하고 생존하고 성공하고자 하는 본능을 갖고 있죠. 또한 영적 본능도 있습니다. 누구나 내면에 갖고 있지요. 그래서 종교가 만들어진 것입니다. 그러한 본능에 반응하고, 삶에는 어떤 의미가 있다는 것과 우리가 모든 것과 연결되어 있다는 것을 알기 위해서 만들어졌죠. 또한 삶이라는 선물을 즐기고 아이와 같은 경이로움을 느끼기 위해서이기도 하지요.

오프라 그렇군요, 영성이란 더 중요한 무언가를 갈망하는 것이고, 우리의 마음과 몸보다 더 숭고한 무언가를 추구하는 열망이라는 거군요.

우리는 신비에 연결되어 있습니다

ROB BELL

롭 벨 나한테 유일하게 가치 있는 믿음은 어디에서나 선함과 진실함과 아름다움을 발견하고 찬양할 수 있다고 생각하는 것입니다. 언제 어디서나 모든 것을 크고 높고 넓게 포용하는 것이지요.

오프라 내가 정의하는 신은 '모든 것'입니다. 모든 것 안에 있고 모든 것 위에 있는 모든 것이죠.

롭 벨 훌륭한 정의로군요.

오프라 당신도 기본적으로 같은 이야기를 하고 있어요. 신은 에너지, 끌어당김, 생명력, 힘, 뭐라고 부르든 우리가 아는 모든 것의 근원입니다. 삶의 가장 높은 곳에서부터 가장 낮은 곳에 이르는 깊이, 충만함, 생명력입니다. 그리고 그 사이에 있는 모든 것이죠.

롭 벨 정확하게 맞습니다. 무엇보다 TED 강연을 들은 적이 있고 스마트폰을 사용하는 똑똑한 지식인들이 신의 존재를 인정한다는 것은 전혀 이상한 일이 아니죠. 사실 아주 합리적인 생각입니다. 말하자면 '나의 논리력으로 우리의 작은 뇌를 사용해서 밝힐 수 없는 진실이 아주 많다는 결론에 도달했고 그런 사실을 인정한다'는 것이니까요. 지난 3백 년 동안 우리는 계몽주의의 전통을 이어받아 신약을 개발하고 병원을 짓고 모든 훌륭한 발전을 이루었지만 아직도 설명할 수 없는 무언가가 남아 있습니다. 그리고 우리 인간은 그 무언가에 여전히 매료되어 있습니다. 우리는 신비에 연결되어 있습니다. 신비를 사랑합니다. 신비에 이끌립니다. 이것을 막을 수는 없지요.

오프라 신비에 열려 있어야 한다는 말이군요.

롭 벨 열려 있으면 좋겠지요.

오프라 그러니까 좀 더 넓은 신의 정의를 받아들이자는 말이군요. 그리고 당신의 영적 믿음의 핵심 중 첫째는 신이 우리와 함께한다는 것이고요. 둘째는 신이 우리를 위해 존재한다는 것, 셋째는 신이 우리를 인도한다는 것이지요. 우리가 찾으려고만 한다면 그 생명력, 그 힘, 우리가 아는 모든 것의 근원을 매 순간마다 경험할 수 있다는 거죠.

롭 벨 많은 현대인들이 신을 다른 세계에 있는 존재라고 인식합니다. 이를테면 구름 위에서 긴 수염을 휘날리고 있는 존재라든지요. 사실 예수가 오기 전까지 신은 매우 심술궂은 존재였습니다.

오프라 맞아요. 내가 어릴 때 생각한 신은 구름 위에서 긴 수염을 휘날리며 흰 가운을 입고 크고 검은 책을 손에 들고 있었어요.

롭 벨 신이 그 책을 펼치면 천둥이 친다고 생각했지요. 그리고 사람들은 그런 신이 어딘가 다른 곳에 있다고 여겨서 이따금 "신이 나타나셨다"라고 말합니다. 나는 신이 우리 앞에 나타난다고 생각하지 않아요. 우리가 신 앞에 나타나는 거지요.

오프라 아, 나도 같은 생각입니다. 우리 하이파이브합시다.

롭 벨 흥미롭게도 고대 히브리어에 모든 사물에서 솟아나는 생명력을 일컫는 루아흐ruach라는 멋진 단어가 있습니다. 그 단어는 창세기 1장의 첫머리에도 나옵니다. 떠다니는 영성이라는 뜻이지요. 하지만 많은 사람들에게 영성이란 말은 그다지 현실적으로 와닿지 않습니다. 무슨 말인지 아시죠? 영적이라는 말은 다른 영역을 의미합니다. 그리고 이 말 속엔 경외감도 담겨 있죠! 우리는 누구나 살다 보면 어느 순간 경외감을 느낍니다. 나는 그 순간을 신이라고 부르고 싶습니다. "나는 신을 믿을 수 없어"라고 말하는 사람도 병원에서 자신의 아이가 태어나는 순간 마음속 깊은 곳에서 신을 믿습니다. 다른 도리가 있을까요? 내가 책을 쓰면서 의도한 것은 여기 어딘가에 있는 우리의 인식을 우리 모두가 연결되어 있는 바로 그곳으로 옮겨가게 하는 것이었죠.

오프라 그러면 우리는 매일 그 존재를 경험하게 되겠군요.

롭 벨 언제 어디서나, 우리 주변에 있는 모든 것에서 경험하게 됩니다. 그러니 인간으로서 우리가 할 수 있는 것은 깨어 있고 열려 있어서 신이 우리 곁에 있음을 알고 느끼는 것입니다. 바로 지금 여기서, 고통 속에서나 기쁨 속에서나 느낄 수 있습니다. 그것이 바로 내가 "우리와 함께 있다"라고 하는 말의 의미입니다.

우리가 아닌 것을 진정한 우리 자신에게서 분리시켜야 합니다

MICHAEL SINGER

마이클 싱어 우리가 수시로 듣게 되는 목소리가 있습니다. 문제는 그 목소리를 우리 자신의 것이라고 생각하는 것입니다. 예를 들어, 꽃병 하나를 바라본다고 합시다. 그러자 어떤 목소리가 말합니다. "모양이 재미있기는 한데 색깔은 썩 마음에 들지 않네. 할머니의 꽃병이 생각나기도 하고." 갑자기 내 머릿속에서 누군가 말을 하는 것 같습니다. 그런데 그 말을 하는 것은 내가 아닙니다. 그렇죠?

오프라 맞아요, 그건 꽃병에 대해 우리가 갖고 있는 생각이지요.

마이클 싱어 그리고 꽃병을 바라보고 있는 동안 그 목소리는 점점 더 큰 소리로 이런저런 이야기를 하고 판단하고 생각합니다.

오프라 맞습니다. 그래서 당신은 한 친구와 대화를 하다가 잠시 멈추었을 때 어떤 생각들이 머릿속에서 계속 맴돌고 있는 것을 알게 되었다고 했죠. 그런데 그렇게 끊임없이 걱정하고 의심하고 초조해하는 그 목소리가 실은 당신의 것이 아니며, 당신은 그 목소리의 관찰자라는 것을 깨달았던 거지요. 그 내면의 대화가 영혼이 아닌 생각의 표현이라는 것을 알게 된 것이 깨달음의 시작이라고 하셨지요.

마이클 싱어 그렇습니다. 그것이 내 여행

의 시작이었죠.

오프라 그러면 그 순간 실제로 어떤 일이 일어났는지 설명해주실 수 있나요? 에크하르트 톨레는 그 목소리의 인식, 생각의 인식, 머릿속 목소리에 대한 인식이 우리의 의식이 머무는 장소이고 진정한 우리 자신이라고 말했습니다. 그런 의식을 갖게 된 것인가요?

마이클 싱어 맞습니다.

오프라 그렇게 해서 인간의 육신 안에 있는 영적인 존재로서 당신 자신을 이해하는 길로 가는 문이 열린 거군요.

마이클 싱어 정확히 그렇습니다.

오프라 그건 그 무엇보다 중요한 것이 아닌가요?

마이클 싱어 당연합니다. 가장 중요한 것이죠.

오프라 영적 여행을 하는 길은 우리가 영적인 존재임을 이해하는 것이군요. 또한 우리가 영적인 존재라는 사실을 이해하는 방법은 그 모든 생각이 우리 자신은 아니라는 점을 아는 것이고요.

마이클 싱어 그렇습니다. 우리가 어떤 사람이라고 말할 수 없는 이유는 그것이 하나의 생각에 불과하기 때문입니다. 우리는 거기서 그런 생각들을 지켜보고 있습니다. 때로 사람들이 내게 묻곤 합니다. "저들 중에 어느 것이 나인가요?" 그 어느 것도 내가 아닙니다. 나는 그저 바라보고 있는 존재일 뿐이죠.

오프라 좋습니다. 나도 인도에 갔을 때 분명히 이해했습니다. 거기서 요가 수행자를 만났는데 그가 나에게 명상을 하자고 청했습니다. 그가 말했지요. "눈을 감으세요. 이제 내가 몇 가지 사물의 이름을 말하겠습니다." 그는 붉은 삼각형, 달, 흰 나무담장을 말했습니다. "이 사물들을 하나씩 말할 테니 다음 물건을 말하면 전에 말한 것은 잊으십시오." 내가 깨달은 것은 우리가 항상 뭔가를 생각하고 있다는 것이었습니다. 붉은 삼각형, 담장, 의자, 온갖 생각이 머릿속에 들어오는 것입니다. "나는 능력이 부족해. 나는 실업자야. 그가 나를 떠났다는 것을 믿을 수 없어. 우리 아이가 그런 짓을 했다니 믿을 수 없어." 이런 생각들도 들어오지요.

마이클 싱어 그것들은 생각에 불과합니다. 우리 자신은 아닙니다.

오프라 그런 생각들은 우리가 아니죠. 그러면 어떻게 그런 생각에서 우리 자신을 분리할 수 있을까요? 이것이 문제군요.

마이클 싱어 그렇죠. 그게 관건입니다. 당신이 말한 것이 바로 영성 여행의 시작입니다.

오프라 그렇군요!

마이클 싱어 우리가 아닌 것을 진정한 우리 자신인 자기Self로부터 분리시켜야 합니다. 이것을 하지 않기 때문에 길을 잃는 것이죠. 우리의 자기는 영적입니다. 자기는 영성으로 가는 문이 열리기를 기다리고 있습니다. 따라서 우리가 계속해서 마음에만 관여하고, 마음속에 있는 생각에만 관여한다면 진정한 영성 여행을 시작할 수 없습니다.

깨달음은 선물입니다

LLEWELLYN VAUGHAN-LEE

루엘린 본-리 사람은 이 세상에 태어나 살면서 신성神性을 잃어버립니다. 그러면서 중국인들이 '세상만사'라고 부르는 것에 집착합니다.

오프라 우리가 세속적이라는 거군요.

루엘린 본-리 네, 안타깝지만 우리는 세속적입니다. 그렇게 살다가 무언가가 우리를 깨우는 순간이 옵니다. 마치 마법처럼 말이죠. 언젠가 뉴욕으로 가는 비행기 안에서 화장실에 갔다가 줄을 서서 기다리게 되었는데 옆에서 승무원이 책을 읽고 있더군요. 꿈에 관한 책이었습니다. "흥미로운 책이군요." 내가 이렇게 말을 건넸더니 그 승무원은 얼마 전 어느 워크숍에 다녀왔다고 하면서 이런 말을 했습니다. "문득 우리 삶이 눈에 보이는 게 전부가 아니라는 것을 깨달았답니다." 나는 그녀의 눈에서 빛을 볼 수 있었습니다. 그녀는 깨달음을 얻었습니다. 자신의 내면에 물질에 대한 것이 아닌 뭔가가 있다는 것을 깨달았죠. 그 마법의 순간에 인간은 마음속에서 뭔가에 눈을 뜨는 것입니다.

오프라 내가 인터뷰한 많은 사람들은 슬픈 일을 당했을 때 그런 순간을 겪었다고 하더군요.

루엘린 본-리 그렇습니다.

오프라 사람들은 그런 경험을 통해 깨달음을 얻습니다. 하지만 깨달음을 얻는 과정에서 반드시 고난을 겪을 필요는 없지요?

루엘린 본-리 깨달음은 선물입니다. 어떤 방식으로 오더라도 그 순간은 선물입니다. 수피교에는 영혼의 향수鄕愁라는 말이 있습니다. 무언가가 우리를 부르면 우리는 그 순간에 주의를 기울이고 그것을 귀하게 여겨야 합니다. 그러면 신에게로 향하는 여행이 시작됩니다.

오프라 신에게로 향하는 여행은 어떤 것입니까?

루엘린 본-리 일체감의 경험이라고 할 수 있습니다. 주위의 모든 것이 삶의 일부라는 일체감을 느끼게 됩니다. 또한 사랑의 경험이기도 합니다. 사랑에 사로잡힙니다. 사랑에 빠지기 시작합니다. 그리고 어느 순간 나는 없어지고 사랑만이 남습니다.

우리는 생명이신
신의 이야기를 하고 있다.
신은 에너지 그 자체로서 세상에 존재하는
모든 것의 씨앗이며 또한 앞으로
우리가 보게 될 것, 볼 수 있는
모든 것과 함께 우주 안에 퍼져 있다.
그리고 신이 모든 생명의 처음이자 끝이라면,
그것은 그의 씨앗이면서 나의 씨앗이다.
우리가 다양한 모습으로 존재하는
생명을 의식할 수 없다면
신도 의식할 수 없다.

— 조앤 치티스터 수녀

내면으로 깊이 들어가면 무한한 존재를 만날 수 있습니다

THOMAS MOORE

토머스 무어 종교는 아주 자연스러운 현상입니다. 인간으로서 우리가 하는 일 중 하나입니다. 우리는 신비를 마주합니다. 질병은 커다란 신비입니다. 죽음도 신비이며 결혼도 신비입니다. 모든 것이 신비입니다. 나는 우리가 이성적으로는 이 모든 것을 이해할 수 없다고 생각합니다. 그래서 다른 뭔가를 필요로 합니다. 다른 한편으로 우리는 문명의 변화가 주를 이루는 변화를 이루었습니다. 그래서 과거의 방식이 더 이상 작동하지 않습니다. 어떤 사람들에게는 아직 그 방식이 유효하긴 하지만 그래도 보완이 필요합니다.

오프라 그래서 사람들이 직접 자신의 종교를 만드는 것을 일부에서는 뷔페 종교라고 부르죠. 이것 조금 저것 조금 가져온다고 말입니다. 그럴 경우 어떤 질서가 있나요? 어떤 원칙이 있나요? 그 모든 종교마다 유일신이 있는 건가요? 자신만의 종교를 만든다고 하면 사람들은 보통 자신만의 신을 만드는 것을 생각하죠.

토머스 무어 그러면 이렇게 설명해보겠습니다. 내가 수도사로서 신학과 종교를 공부하던 시절에는, 신이 미지의 무한한 존재라고 배웠습니다. 미지의 무한한 존재, 항상 그렇게 배웠죠.

오프라 나는 그 표현이 좋아요.

토머스 무어 만일 우리가 신을 인간과 같은 유형, 신과 같은 인간이나 인격화된 존재로 만든다면, 신을 깎아내리는 것입니다. 더 이상 신은 없는 것이죠. 초인은 있을 수 있겠지만 신은 없습니다. 진정한 의미의 신성神性은 없는 것입니다.

오프라 그렇다면 성서나 다른 종교의 경전에서 우리가 신의 형상대로 창조되었다는 구절은 어떻게 이해해야 합니까?

토머스 무어 예, 그 말은 맞습니다. 우리 안에 신이 존재합니다. 자신의 내면으로 깊이 들어가면 무한한 존재를 만날 수 있습니다.

오프라 그 말은 아무리 여러 번 강조해도 과하지 않습니다. 대부분의 사람들은 우리가 신의 이미지를 갖고 있다는 말의 진정한 의미를 생각해보지 않는 것 같습니다. 그 이미지를 단지 물질적인 것으로 생각합니다. 사실은 그런 의미가 아닌데도요.

토머스 무어 그렇죠. 그게 큰 문제인 것 같습니다. 우리가 살고 있는 세상은 모든 것을 기계적, 혹은 물질적으로 보는 경향이 있습니다. 어떤 보이지 않는 차원을 경험할 수 있다는 것을 이해하지 못합니다. 모든 것 심지어는 자연도 물질로만 생각하지요. 그래서 사물을 지나치게 축소시킵니다.

오프라 우리가 볼 수 있는 것으로 축소시키는 거군요.

토머스 무어 볼 수 있는 것과 만질 수 있는 것으로 축소시키는 거죠.

오프라 그래서 모든 것을, 심지어는 신까지도 우리가 볼 수 있는 존재로 정의하지요. 볼 수 있고 만질 수 있는 존재로 말이에요.

하루 중 조용한 시간을 찾아 본질적인 질문을 던져보세요

ELIZABETH GILBERT

엘리자베스 길버트 사르트르는 "출구는 어디에나 있다"라고 말했습니다. 반대로 나는 입구가 어디에나 있다고 느낍니다. 만일 인도로 가는 비행기 표를 살 수 있는 사람만 영적 여행을 할 수 있다면 이 세상은 지금보다 더 잔인한 곳이 될 것입니다. 우리는 우주 안에 있는 엷은 장소*를 통해 신에게 다가갈 수 있습니다. 그 엷은 장소는 우리 삶 속에도 있습니다. 그래서 어떤 상황에서도 신성에 아주 가까이 다가갈 수 있는 것이죠. 교도소에도, 집에도, 한밤중에도, 불행한 결혼 생활 속에도, 그리고 교통 체증을 겪는 중에도, 엷은 장소는 언제 어디에나 있습니다. 하지만 그곳으로 들어가기 위해 반드시 해야 할 일이 하나 있습니다. 우리 삶의 아주 작은 모퉁이, 하루 중 조용한 시간을 찾아서 우리 삶에 대해 본질적인 질문을 해야 합니다. 나는 누구인가? 어디서 왔는가? 어디로 가고 있는가? 무엇을 위해 여기에 있는가? 그리고 이러한 질문의 답을 찾는 여행을 시작하기 위해 성스러운 묵상의 시간을 가져보세요. 그러면 누구라도 그 여행을 시작할 수 있습니다.

---

* Thin Places, 하늘과 땅 사이의 구분이 엷어져서 신의 현존을 강하게 느낄 수 있는 장소를 의미하는 개념.

우리를 창조한 이가
어떻게 우리를 모른 체할 수 있겠습니까?

Pastor JOHN GRAY

존 그레이 목사 대도시에 살고 있지만 나는 자연인입니다. 개울가에서, 나무 옆에서, 또는 하늘을 나는 새를 보면서 신을 느낍니다. 천둥 속에서도 신을 느끼곤 하죠.

오프라 정말요?

존 그레이 목사 물론이죠. 어릴 때 신시내티에서 살던 아파트는 방이 둘이고 에어컨도 없었습니다. 창문에는 펜스가 쳐져 있었죠. 그때가 아홉 살, 열 살 때였어요. 나는 작은 마당을 가로질러 밖에 나가서 별을 보며 신에게 내가 하고 싶은 일들을 이야기하곤 했죠. 좋은 남편이 되고 싶다고 말했죠. 내가 신을 실망시키는 일이 있다 해도 나를 떠나지 말아달라고도 했습니다. 신이 자랑스러워하는 사람이 되길 원했습니다. 내 삶을 무언가 훌륭한 일에 사용해달라고 했습니다. 봄여름, 중서부에 엄청난 폭풍우가 치면 나는 현관문 밖으로 달려 나가 바깥에 앉아 있곤 했습니다. 다리 위로 빗물이 떨어지면 마치 신이 내게 말을 걸고 있는 것 같았지요. 천둥소리를 듣고 번갯불을 보면 더욱 그렇게 느꼈습니다. 어머니는 말했죠. "안으로 들어와. 그러다 번개 맞을라." 그러면 나는 대답했습니다. "우리 아버지가 알아서 하실 거예요. 지금 그와 이야기를 나누는 중이거든요." 그러면 어머니는 나를 그대로 내버려두곤 했지요. 나는 그렇게 신

과 관계를 맺었습니다. 그는 그렇게 내게 말을 겁니다. 왠지 모르지만 비바람은 나를 편안하게 해줍니다. 아마 신이 비바람을 주관하고 있다는 것을 알기 때문일 것입니다. 그리고 그는 자연의 비바람을 주관하는 것처럼 나의 영적인 비바람도 주관합니다. 나의 감정적 폭풍과 인간적 조건을 주관합니다. 내가 무너질 때, 포기하고 싶을 때, 신이 내 옆에 있다는 것을 나는 압니다.

오프라 그런 경험을 원하는 사람들에게 어떤 조언을 해주겠습니까? 어떤 사람들이 그런 연결, 열정, 관계를 느끼고 싶어 할까요? 당신이 말하는 그런 신은 교회에 없다고 말하는 사람들이 있습니다.

존 그레이 목사 그렇습니다. 내가 그런 신을 만나는 곳은 일요일에 한 시간 반 동안 예배를 드리는 곳이 아닙니다.

오프라 아하.

존 그레이 목사 그런 신은 내가 새벽 두 시에 신에게 이야기할 때 만납니다. 눈물을 흘리면서 나에게 아직 목적이 있다는 것을 믿고 이해하려고 애쓸 때 만납니다.

오프라 신은 모든 기도를 듣고 있나요?

존 그레이 목사 그럼요. 모든 기도에 우리가 원하는 방식으로 응답을 하지는 않지만 신은 모두 듣고 있습니다. 나는 그렇게 믿습니다. 우리를 창조한 이가 어떻게 우리를 모른 체할 수 있겠습니까? 어떤 사람들은 말합니다. "신은 지금까지 한 번도 내 기도를 들어주지 않았어"라고요. 하지만 신은 모든 기도를 듣고 있습니다. 때로 '노'라는 응답이 돌아오기도 합니다. 그럴 때 나는 좀 더 성장해야 한다는 것을 압니다. 그리고 신을 향한 나의 예배와 충성심이 변하지는 않았는지 돌아봅니다. 그 답이 예스이거나 노이거나 관계없이 성숙하는 법을 배우는 것으로 만족합니다.

내 삶을 지배하는
첫 번째 원칙은 의도다.
우리는 모든 것을
의도의 에너지에 기초해서
생각하고 선택함으로써
우리의 삶을 창조하고 있다.
—Oprah

2장

의도

INTENTION

내가 게리 주커브의 책 『영혼의 자리The Seat of the Soul』를 읽지 않았다면 〈슈퍼 소울 선데이〉는 세상에 나오지 않았을 것이다.

OWN 채널도 없었을 것이며 〈오프라 윈프리 쇼〉가 25년 동안이나 지속되지 않았을지도 모른다(더 일찍 끝났을 것이다). 나를 아는 사람은 누구나 게리 주커브에게서 배운 의도의 원칙이 내가 일하는 방법을 바꾸어놓았다는 사실을 알고 있다. 실은 내가 의도의 중요성을 하도 많이 이야기해서 종종 내가 한 말을 다른 사람들에게서 들을 때도 있다! "의도가 모든 결과를 지배한다"라는 말을 들으면 나는 기립 박수를 치게 된다.

게리를 비롯해 이 장에 나오는 영성 지도자들과의 대화에서 내가 얻은 교훈은 단순해 보일 수 있다. 그러나 그것은 모든 관계의 이면에 존재하는 진리다. 우리가 세상 속으로 내보내는 에너지는 우리 자신에게 돌아온다. 그러므로 우리가 살면서 더 많은 사랑을 받고 싶다면 우리의 의도를 더 많이 사랑하는 것으로 설정하면 된다. 친절한 대접을 받고 싶다면 동정심과 자비심을 가지려고 노력하자. 반대로, 주변에 화난 사람이 너무 많아서 걱정이라면 마음에 원망을 품지 말아야 한다.

영적인 깨어 있음으로 가는 여정에 있다면 그것이 때론 어렵다는 걸 알아야 한다. "나는 성장하고 싶다. 지금까지의 나보다 더 나은 사람이 되겠다"라고 선언하는 것은 힘든 일이다. 그러나 나는 우리의 삶을 공들여서 만들어갈 기회를 짐이라고 생각하지 않는다. 그것은 삶이 주는 선물이다.

나는 오랜 세월 내가 "사람들을 기쁘게 해주려는 병"이라고 부르는 증상을 앓았다. 나는 "노"라고 말하면 사람들이 나를 친절하지 않거나 이기적인 사람이라고 생각할까 봐 걱정했다. "왜 이 사람은 내 말을 들어주지 않지?"라고 생각할까 봐 마음에 걸렸다. 의도의 힘이 그 병을 고쳐주었다. 나는 내 머릿속에서 다른 사람들이 나를 어떻게 생각할까 염려하는 작은 목소리에 더 이상 귀를 기울이지 않게 되었다. 대신 내가 정말 누구이고 무엇을 원하는지 이야기하는 진실에 귀를 기울이게 되었다.

이러한 변화는 당신에게도 일어날 수 있다. 당신의 삶에 아주 작은 스트레스라도 줄 수 있는 무언가에 동의하기 전에 "나의 진정한 의도는 무엇인가?"라고 물어보자. 시간을 두고 당신의 내면에서 그 답이 울려 나오게 하자. 장담하건대, 그 의도가 옳고 그 답이 "예스"라면 당신은 온몸으로 그렇게 느낄 것이다.

—*Oprah*

의도는 이유 아래 있는 이유입니다

GARY ZUKAV

게리 주커브 우리는 의도에 관해 이야기하고 있었지요. 거기서부터 시작합시다.

오프라 네, 그러죠. 의도에서 시작하죠.

게리 주커브 의도란 행동이나 말을 하게 만드는 의식의 속성이자 에너지이지요. 우리가 말을 하는 이유이기도 합니다. 결과를 만들어내는 동기이기도 하고요. 예를 들어, 누군가가 "더 큰 집을 갖고 싶다"라고 말한다면 이웃에게 과시하고 싶어서일 수도 있고 아이 넷을 입양해 더 넓은 공간에서 뛰어놀 수 있게 해주려는 것일 수도 있습니다. 그러니까 의도는 이유 아래 있는 이유죠.

오프라 이유 아래 있는 이유…….

게리 주커브 우리는 첫 번째 의도를 이렇게 말할 수 있습니다. "나는 직장을 옮겨서 월급을 더 받고 싶다." 이것은 '드러난 의도'입니다. 사물이나 상황을 바꾸려는 것이지요. '진짜 의도'는 그 바탕에 깔려 있습니다. '아내를 도와주고 싶다. 아내는 지금 도움이 필요하다. 우리 아이들을 대학에 보내야 한다. 새로 입양한 아이들을 위한 공간이 필요하다.'

오프라 그리고 당신이 말하고자 하는 것은 동기의 이면에 있는 의식이나 에너지가 결과를 결정한다는 것이군요.

"나는 ~하다"라는 말의 힘

Pator JOEL OSTEEN

오프라 "나는 ~하다"라는 말의 힘을 이야기하는 목사님의 설교를 들은 적이 있습니다. 그 설교에서 삶에 활력을 더하는 방법을 배웠지요. 목사님의 설교를 들은 다음 영화 〈버틀러The Butler〉를 촬영하던 중의 일입니다. 완전 기진맥진해 있었죠. 촬영이 끝없이 이어졌거든요. 그때 문득 목사님이 하신 말씀이 생각났어요. "나는 ~하다"라는 말에 따라 우리의 경험이 달라진다는 말씀이요. 너무 지친 나머지 그 말을 한번 해보자고 생각했죠. 그래서 이렇게 말하기 시작했어요. "나는 다시 힘이 난다. 자정이 되면 훨씬 기운이 좋아지고 밤샘 촬영도 기꺼이 하게 될 것이다." 그랬더니 그 순간 기분이 달라지더군요. 믿을 수 없을 정도로 아주 금방 변했어요.

조엘 오스틴 목사 놀라운 원리죠. 우리는 "나는 ~하다"라는 말을 하는 동안 우리 자신도 모르게 뭔가를 불러오게 됩니다. "나는 피곤하다", "나는 실패했다", "나는 외롭다" 등의 말을 하면 그런 일이 실제로 일어나게 되지요. 그러니 반대로 우리가 원하는 것을 우리 삶으로 불러올 수 있는 말을 하라는 것입니다.

오프라 "나는 ~하다"라고 말하면 결국 그렇게 되는 거군요.

조엘 오스틴 목사 그렇습니다. 사람들은 종종 부정적인 기분을 이야기합니다. 나는 외롭다, 나는 피곤하다, 이럴 때는 균형이 필요합니다. 현실을 부정하라는 것이 아닙니다. 그건 현실 회피죠. 내 말은 단지 부정적인 면을 너무 확대하지 말라는 것입니다. 이렇게 말해 보세요. "나는 걸작이다", "나는 대단히 멋지다", "나는 강하다", "나는 재능이 있다." 신이 우리에게 준 능력을 강조해서 말하는 것입니다. 신은 우리에게 필요한 능력을 주었습니다. 우리는 주어진 운명을 완성하기 위해 필요한 능력을 지니고 있습니다. 그것을 밖으로 끌어올려야 합니다. 부정적인 생각을 하면 그런 능력을 끌어올리지 못하고, 우리의 운명에서 멀어지게 됩니다.

오프라 '권력 앞에서 진실을 말하기Speaking truth to power'라는 구호가 생각납니다. "나는 ~하다"라고 말하면 결국 그렇게 될 테니 우리가 갖고 있는 긍정적인 측면을 말해야겠군요. "나는 안정적이다", "나는 가치 있는 존재다", "나는 인정을 받고 있다", "나는 결단력이 있다", "나는 관대하다"라고요. 원하는 게 진실이 되도록 하려면 그것을 진실처럼 말하라는 것이군요. "나는 ~하다"라는 말은 진실이 될 수 있는 힘을 갖고 있으니까요.

마음 가는 대로 하면 됩니다

TONY ROBBINS

오프라 진정한 자기 자신이 되려는 사람들에게 당신이 제안하는 첫 번째 규칙은 무엇입니까? 사실 우리 모두 그렇게 되려고 합니다. 어떻게 하면 나다운 내가 될 수 있을까요?

토니 로빈스 어떤 사람이 되어야겠다고 마음먹고 행동하는 것이 아니라 우리 자신이 자유롭게 행동하도록 허락해야 합니다. 우리는 이미 나는 어떤 사람이고, 어떤 사람이 아니라고 생각하는 정체성을 발전시켜왔습니다. 우리는 내가 어떤 사람이라는 생각뿐 아니라 내가 어떤 사람이 아니라는 생각으로도 우리 자신을 정의합니다. 그리고 그러한 정의는 보통 10년, 20년, 40년 전에 형성된 것이죠. 우리는 어떤 황망한 경험으로 인해 삶을 다시 생각할 계기를 맞이하기 전에는 그 정의를 좀처럼 바꾸지 않습니다.

따라서 우리에게 필요한 것은 의식적으로 우리의 삶을 재평가하고 결정하는 일입니다. "나는 지금 어떻게 살고 있는가? 무슨 목적으로 여기에 있는가? 여기서 무엇을 해야 하는가? 여기서 무엇을 배워야 하는가? 여기서 어떻게 성장할 것인가? 여기서 무엇을 즐길 것인가?" 이러한 질문에 답을 하고 나서 그다음에는 마음 가는 대로 하면 됩니다.

나에게 가장 중요한 결정은 이것입니다. "나는 지금 이 순간을 즐길 것이다. 지금 이 순간만이 현실이다. 고민만 하기에는 인생이 너무 짧다." 매 순간 이런 생각으로 산다면 아주 멋진 일들이 일어날 것입니다. 말보다 실천이 어렵긴 하지만요.

이것은 일종의 수행입니다. 순간순간을 채워가다 보면 거기에 중독이 됩니다. 긍정적인 중독이죠. 그 해방감은 말로 형언할 수 없습니다. 반드시 경험해보십시오.

취약함을 드러내지 않으면 용기를 배울 수 없습니다

BRENÉ BROWN

오프라 담대함이란 무슨 뜻인가요?

브레네 브라운 내가 생각하는 '담대함'은 취약함을 드러내는 용기입니다. 자신을 보여주고 드러내는 용기입니다. 자신이 원하는 것을 요구하는 용기, 느끼는 것을 이야기하는 용기, 민감한 대화를 하는 용기입니다. 우리는 연구를 하면서 사람들에게 물었습니다. "당신은 어떤 부분이 취약하다고 생각합니까?"

오프라 대부분 취약함을 약점이라 생각하죠.

브레네 브라운 그렇지요.

오프라 『마음가면Daring Greatly』을 읽고 무엇보다 먼저 깨달은 것은 내가 취약함을 드러내며 살고 있다는 사실입니다. 이만큼 성공한 것도 시청자들에게 내 취약함을 드러냈기 때문인 듯합니다.

브레네 브라운 맞습니다.

오프라 나는 취약한 부분이 자신감의 주춧돌이라고 생각합니다. 충실한 삶을 살기 위해서는 자신을 보여주는 위험을 감수해야 하기 때문이죠. 그렇게 하면, 우리가 사실은 다른 모든 사람과 같은 존재라는 것을 알게 되고, 자신감도 생깁니다. 좀 더 자신에게 충실한 삶을 살기 위해 필요한 거죠.

브레네 브라운 그래요. 취약함을 드러내지 않으면 용기를 배울 수 없습니다. 당연합니다.

당신의 비전은 당신을 위한 것이다.
다른 사람들은 그 비전을
이해하지 못할 때가 많을 것이다.
그래도 괜찮다. 왜냐하면 신이 그 비전을
주었다면 대비책도 주실 것이기 때문이다.
그리고 당신을 위한 대비책을
다른 누구를 통해 주지는 않는다.
그것은 당신 스스로 결함을 없애자마자,
당신을 통해, 당신을 위해,
당신에게 올 것이다.

— 이얀라 반젠트

사랑하는 순서가 바뀌면 죄를 짓게 됩니다

DAVID BROOKS

오프라 사랑에도 등급이 있다는 말씀이 마음에 듭니다. 자세히 설명해주시겠습니까?

데이비드 브룩스 그것은 위대한 신학자 아우구스티누스Augustine에게서 비롯된 개념입니다. 그는 물었습니다. 죄란 무엇인가? 오늘날 우리는 죄라는 말을 나쁜 뜻으로만 사용합니다. 그러나 전통적인 도덕관에서 죄는 뭔가 고장난 것을 갖고 있다는 뜻입니다. 나는 죄를 내면이 어둡고 타락했다는 의미로 사용하는 것을 좋아하지 않습니다. 아우구스티누스는 멋진 공식을 갖고 있었죠. 그는 “사랑하는 순서가 바뀌면 죄를 짓게 된다”라고 말했죠.

오프라 아, 멋져요. 우리가 사랑하는 대상의 순서를 바꾸면 죄를 짓게 된다는 거군요.

데이비드 브룩스 우리는 많은 것을 사랑합니다. 가족을 사랑합니다. 돈을 사랑합니다. 약간의 호의도 사랑합니다. 지위, 진리, 그리고 어떤 사랑은 더 높은 곳에 있다고 생각합니다. 가족에 대한 사랑은 돈에 대한 사랑보다 높이 있습니다. 진리에 대한 사랑은 돈에 대한 사랑보다 위에 놓아야 합니다. 만일 돈을 벌기 위해 거짓말을 한다면 사랑의 순서를 바꿔놓는 것이죠. 그런데 우리는 본능에 따라 사랑의 순서를 바꿉니다. 이런 경우를 생각해봅시다. 한 친구가 당신에게 비밀을 말해주었는데 당신이 저녁 만찬에서 그 비밀을 누설한다면 당신은 인기에 대한 사랑을 우정에 대한 사랑보다 위에 놓은 것입니다. 그리고 우리는 그것이 잘못이라고 알고 있죠. 순서가 잘못된 것입니다. 그러므로 가만히 앉아서 자신에게 물어봐야 합니다. "나는 무엇을 사랑하는가? 내가 정말 사랑하는 것은 무엇인가? 그리고 어떤 순서대로 사랑을 하는가? 가장 높은 곳에 있는 사랑에 시간을 쓰고 있는가? 아니면 낮은 곳에 있는 사랑에 시간을 쓰고 있는가?"

우리 모두에겐 무모함이 필요합니다, 적어도 한 가지에 대해서는

SUE MONK KIDD

수 몽크 키드 나는 당당한 걸음걸이로 남편이 두 아이에게 시리얼을 먹이고 있는 부엌에 들어가 중대 발표를 했습니다. 작가가 되겠다고요. 나의 내면에서 창작 욕구가 솟구치고 있었습니다. 글을 쓰는 것은 어릴 때부터 내 안에 잠재되어 있던 욕구였지요. 우리는 누구나 자신의 내면에서 이런 작은 불씨를 발견하지만 그 후에 어디선가 잃어버립니다. 그러면 그것을 다시 찾아야 합니다. 이건 우리가 속한 장소를 발견하는 과정의 일부입니다.

남편은 "음, 좋은 생각이야"라고 말하고는 계속해서 아이들에게 시리얼을 먹이더군요. 그게 전부였어요.

나는 글쓰기에 대해 아는 바가 없었습니다. 가끔씩 잡지를 보기는 했죠. 그것도 어릴 때나 그랬어요. 소녀 시절에는 짧은 이야기를 쓰고 신문도 만들곤 했습니다. 그러나 서른 살까지 진지하게 글을 써보겠다는 생각을 하지는 않았어요. 그 길과는 한참 떨어져서 살았지요.

우리가 어떤 선언을 한다는 것은 우리 자신과 어떤 힘들과, 신에게 "이것이 내 의도다"라고 알리는 것입니다. 그래서 의도를 소리 내어 크게 말하면 도움이 됩니다. 나는 그 말을 하면서 순간 생각했어요. "내가 작가에 대해 아는 게 뭐지?" 정말 무모한 도전이었죠. 그러나 우리 모두에겐 무모함이 필요합니다. 살면서 한번쯤은 과감하게 도전을 해봐야 하지 않을까요? 안 그런가요?

내 인생이 하나의 스토리라면 그 요점을 알아야 합니다

DEVON FRANKLIN

오프라 당신의 말 중에 특히 내가 인상적으로 느꼈던 구절이 있습니다. 우리가 사는 세상이 영화이고 신이 우리가 출연하는 영화의 감독이라면 우리는 감독을 믿고 앞으로 나아가야 한다고 하셨죠. 맞습니까?

데번 프랭클린 예, 정확합니다. 내가 그런 말을 한 이유는 우리가 때때로 가장 어려운 시기에 신앙을 잃기 때문입니다.

오프라 그리고 우리가 모든 일을 알아서 할 수 있다고 생각하죠. 그러나 한 가지만 삐끗하면 곧바로 그 생각이 옳지 않았다는 것을 깨닫습니다. 당신이 한 말 중에 이 말이 마음에 듭니다. "실제로 우리가 통제할 수 있는 것은 두 가지밖에 없다. 일어날 수 있는 일에 대비하는 것과 방금 일어난 일에 대응하는 것이다. 어떤 일이 일어나는 순간은 신의 영역이다."

데번 프랭클린 아멘.

오프라 훌륭한 말입니다.

데번 프랭클린 진실이죠. 어떤 일이 일어날 때, 그 일이 일어나는 순간은 우리가 어떻게 할 수 없습니다. 그 순간 우리 삶이 더 좋아질 수도 있고 나빠지는 것처럼 보일 수도 있습니다. 그러니 우리가 해야 하는 일은 대비하는 것이지요.

오프라 단 두 가지에 대해서만 대비를 할 수 있다는 말이지요?

데번 프랭클린 그렇습니다.

오프라 일어날 수 있는 일에 대비하고, 일어난 일에 어떻게 반응할 것인지 준비하라는 것이죠.

데번 프랭클린 그렇습니다. 우리가 절망의 골짜기에서 나오지 못하고, 분노의 골짜기에서 나오지 못하는 것은 그것이 한 순간에 대한 반응일 뿐이라는 것을 깨닫지 못하기 때문입니다. 그것은 한 순간일 뿐입니다. 전체 영화 중 한 장면에 불과합니다. 훌륭한 영화를 만들기 위해서는 큰 충돌이 일어나는 장면들을 편집해야 합니다.

오프라 맞아요. 당신은 이런 말도 했지요. "핵심은 스토리를 기억하는 것이다. 영적인 여행은 최초의 아이디어를 영화로 만들어서 극장에서 개봉하기까지의 과정과 유사하다."

데번 프랭클린 그래요.

오프라 그러니까 핵심이 되는 아이디어를 발전시켜서 기획개발과 제작이라고 부르는 과정을 거치지요. 기획개발은 어떤 영화가 나올지 밑그림이 그려지면 시작되는 거죠. 맞나요?

데번 프랭클린 정확히 그렇습니다. 어떤 이야기를 할 것인지 정하고 나서 영화 각본을 쓰는 겁니다. 그것이 기획개발이죠. 우리는 살다 보면 때로 좌절합니다. 그럴 때는 자신을 돌아보며 이렇게 말해야 합니다. "잠깐. 나는 내 인생의 큰 그림이 어떤 건지 알고 있나?" 내 인생이 하나의 스토리라고 한다면 그 스토리의 요점을 알아야 하는 거지요. 때로는 이런 일이 벌어질 수도 있어요. 기획 과정에서 제작자와 영화사가 어떤 영화를 만들지 합의 없이 서로 다른 기획안을 갖고 시작하는 겁니다. 그러면 그 영화는 뭐가 뭔지 알 수 없게 뒤죽박죽이 됩니다. 우리 인생도 마찬가지지요. 어떤 삶을 살 것인지 분명히 알아야 합니다. 우리에게 주어진 삶을 어떻게 살 것인가? 그 질문을 던지면 전체적인 기획개발 과정이 좀 더 구체화됩니다.

오프라 지금 소름이 돋았어요. 왜 그런지 아시겠어요?

데번 프랭클린 왜죠?

오프라 그 이야기를 들으면서 깊이 와닿는 게 있었어요. 당신의 이야기를 듣는 사람은 누구라도 그럴 겁니다. 그 핵심을 느낄 수 있어요. "우리 스스로 삶을 관리하지 않거나, 우리의 삶에 기획개발이 필요하다는 것을 알지 못하면, 그저 매일 아침 일어나 출근하고 시키는 일만 하며 월급을 받아 살게 되고, 그건 좀비처럼 사는 것과 다름없다."

데번 프랭클린 그렇습니다.

오프라 삶을 관리하지 않는 사람은 삶을 함께 창조해가는 과정에서 도움이 되지 않죠.

데번 프랭클린 우리는 성공을 정의해야 해요. 나는 성공을 평화라고 정의합니다.

오프라 나도 그래요. 우리는 같은 부류의 사람이군요.

내 인생이 책이고 내가 작가라면?

AMY PURDY

에이미 퍼디 나는 몽상가로 태어났습니다. 어릴 때부터 꿈을 꾸면서 머릿속으로 생생한 그림을 그려보곤 했죠. 그리고 내 생애 최악의 순간, 가장 암담했던 순간에 가장 많은 꿈을 꾸었습니다. 지금 여기에 여러분과 함께 있는 것도 그때 꾸었던 꿈의 일부입니다. 내가 두 다리를 잃고 가장 힘들었던 순간은 처음으로 의족을 하고 일어섰을 때였습니다. 그 다리가 너무 불편하고 움직이는 데 한계가 있어서 좌절할 수밖에 없었죠. 이런 다리를 하고 어떻게 꿈을 이루면서 살 수 있지? 어떻게 세상을 여행할 수 있지? 어떻게 스노보드를 다시 탈 수 있지? 그날 나는 심리적으로나 신체적으로 완전히 망가진 채로 잠자리에 들어 열다섯 시간이 넘도록 일어나지 못했습니다. 정신적으로나 감정적으로 완전히 지쳐서 그냥 침대에 누워 있었어요. 그렇게 살아야 한다는 것을 도저히 받아들일 수가 없었어요. 걷기조차 불편한 투박한 기계 장치를 다리 삼아 겨우 움직이면서 살아야 하다니! 그리고 생각했죠. '이것은 남은 평생 지니고 살아가야 하는 내 다리다.' 하지만 나는 한자리에 오래 앉아 있는 그런 사람이 아니었죠. 어떻게든 계속 움직여야 했어요.

그 시점에서 나는 내 다리를 다시 찾지 못한다는 것을 깨달았습니다. 그리고 그 상황을 바꾸기 위해 내가 할 수 있는 일은 없었죠. 그 순간 내게 이런 질문을 하게 되었어요. "내 인생이 책이고 내가 작가라면 이 스토리를 어떻게 끌고 가야 하지?" 그리고 생각했습니다. '이렇게 비탄에 빠진 장애인이 된 나는 보고 싶지 않아. 다른 사람들에게도 그렇

게 보이고 싶지 않아. 그렇다면 어떤 나를 보고 싶은 거지? 다시 우아하게 걷는 나를 보고 싶어.'

나는 여행을 통해 어떤 식으로든 다른 사람들과 생각을 나누고 그들에게 도움을 주는 내 모습을 보고 싶었습니다. 그리고 다시 스노보드를 타고 있는 나 자신을 볼 수 있었죠. 그 순간 그 느낌이 너무 선명해서 눈 덮인 산을 깎아지르듯 내려오는 나 자신이 보이는 듯했습니다. 실제로 느낄 수 있었어요. 얼굴에 스치는 바람을, 두근거리는 심장박동을 느낄 수 있었어요. 그 순간 마치 정말 그런 것처럼 근육이 꿈틀거리는 것을 느꼈습니다. 어떻게 그런 일이 가능한지 알 수 없었지만 그렇게 될 거라고 생각했죠.

그리고 지금 나는 볼 수 있고, 느낄 수 있고, 할 수 있다고 믿는 것이라면 얼마든지 가능하다고 여기면서 나에게 주어지는 삶을 살기 위해 노력하고 있습니다.

나는 스스로 칭찬할 만한 삶을 살고 있는가?

DIANA NYAD

다이애나 나이어드 그때 이런 생각이 들더군요. '어머니는 여든둘에 돌아가셨지. 그러면 이제 내게 22년밖에 남지 않은 건가?' 이제 시간이 얼마 남지 않았습니다. 그리고 이제는 내가 무슨 일을 하고 싶었거나 어떤 사람이 되기를 원했던 게 대수롭지 않게 느껴져요.

예순 살이 된 지금 나는 인생의 업적 같은 것에는 관심이 없습니다. '명예의 전당에 올랐는가? 그래서 재산도 좀 모았는가?' 이런 것에는 더 이상 관심이 없습니다. 점점 늙어가고 있는 마당에 그런 것들이 무슨 소용이 있습니까? '나는 스스로 칭찬할 만한 삶을 살고 있는가? 전보다 조금 더 나은 세상을 보고 떠날 수 있을까?' 이런 것이 나에게 중요합니다. 그리고 포기하지 않는 것. 장애물을 통과하는 길을 발견하는 것. 투지와 의지를 갖는 것. 이런 것들이 중요하게 여겨집니다.

내 목표는
보다 깨어 있고 활기차고
생기 넘치는 삶을 사는 것이다.
어느 한 순간도 놓치지 않고
온전하게 인식하고
경험할 수 있기를 기도한다.
그런 삶을 살기 위해서는
수행을 해야 한다.

—Oprah

3장

마음챙김

MINDFULNESS

세상에는 지금 이 순간을 누릴 수 있는 단순한 즐길 거리가 아주 많다.

혼자서 오래도록 산책을 하거나 친구들과 힘차게 하이킹을 할 때 나는 새삼 감사하는 마음을 느낀다. 독서는 신성한 만족감을 준다. 나는 뜨거운 마살라 티 한잔을 아주 좋아한다. 싱크대 앞에 서서 물을 끓이고 우유를 데우고 차를 우려내는 매일의 의식이 나를 고요한 장소로 데려간다. 석양을 바라보면서 또는 샤워를 할 때 얼굴에 닿는 물줄기를 느끼면서 우리는 누구나 자신을 평온하게 가라앉히는 시간을 필요로 한다.

살아 있음에 경이로움을 느끼고 의식하는 이런 순간들을 허락한다면, 비록 우리를 짓누르는 일들이 있다 해도, 말로 형언할 수 없는 평온한 상태를 경험하게 된다.

〈슈퍼 소울 선데이〉에서 나와 함께 대화를 나눈 많은 영성 지도자들은 고도의 마음챙김 상태를 '끊임없이 기도를 하는 상태'라고 설명한다. 이것은 그 순간에 경험하는 것에만 집중한다는 것을 의미한다. 현재에 머물러 있을 때는 미래에 무슨 일이 일어날지 걱정하거나 과거의 실수를 후회하지 않게 된다. 언제든 스트레스와 슬픔을 느낄 수 있지만 이 지구가 돌고 있다는 것을 느낄 때가 바로 우리 자신을 다시 중심으로 돌려놓을 시간이다. 어떤 충격이나 혼란이 올 수도 있으며 그런 일이 실제로 일어나면 어떤 식으로든 감당을 해야 할 것이다. 하지만 지금 이 순간 우리는 여전히 숨을 쉬고 있다. 이 순간 우리는 살아 있다. 이 순간 우리는 보다 높은 곳으로 올라설 수 있다.

오늘 그리고 매일 나는 기도에 집중하고 평정을 유지하는 의식 수행을 한다. 아침에 잠에서 깨 내가 처음 하는 생각은 '감사합니다'이다. 그다음은 '나는 아직 이 몸속에 있다'는 것이다. 신을 깊이 느끼면 그 느낌이 내 몸을 들어서 실어 간다. 때로는 신의 사랑 속에서 완전히 무중력 상태가 된다. 그 사랑을 모든 것에서 느끼기 때문이다.

의식적인 삶으로 가는 입구는 마음챙김이다. 앞으로 나오는 이야기들과 사례들을 지침 삼아 마음을 편안하게 다스린다면 주변에서 일어나는 소용돌이에 자비심으로 대응할 수 있을 것이다.

오랫동안 수많은 사람들과 이야기를 나누었음에도 현재에 머물러 있으라는 말은 나에게 여전히 '아하'의 순간을 준다. 머릿속에서 걱정스러운 생각이나 부정적 생각을 몰아내고 앞에 있는 사람이 하는 말에 귀를 기울이면 의미 있는 일들이 일어난다. 속도를 늦추고 자녀, 배우자, 부모, 친구에게 귀를 기울이면 그들은 우리가 자신들의 말을 듣고 이해하고 있다는 것을 알게 된다. 그들이 누군가를 절실히 필요로 할 때 옆에 있어주면서 우리 자신도 의식적으로 영적 수행을 하게 되는 셈이다.

—Oprah

가장 완벽한 시간은 지금 이 순간입니다

JON KABAT-ZINN

오프라 마음챙김이라는 것은 과학인가요? 아니면 예술? 아니면 영적인 무엇인가요?

존 카밧진 마음챙김은 인간으로서 온전히 존재하고 온전히 살아 있는 차원으로 들어가는 입구입니다.

오프라 오, 훌륭해요. '인간으로 온전하게 존재하는 차원으로 들어가는 입구.' 그 안으로 들어가지 못하면 놓치는 게 많겠군요.

존 카밧진 많은 걸 놓치지요. 어느 날 아이의 눈을 들여다보지 못한다면, 그 기회를 놓치는 것입니다. 다음 날 사랑하는 사람의 눈을 들여다보지 못한다면 그 기회를 놓치는 것입니다. 나무 아래 앉는 즐거움을 놓친다면 그 기회를 놓치는 것입니다. 그렇게 많은 순간들을 놓치면서 세월을 보내면 결국 우리 인생의 가장 아름다운 측면들을 놓치게 될 것입니다. 누구를 탓하겠습니까? 너무 바빴다고요? 누가요? 누가 우리에게 '너는 시간이 너무 없어'라고 말하는 걸까요? 우리가 가진 것은 시간뿐인데 말입니다. 우리가 가진 것이라고는 지금 이 순간밖에 없습니다. 그리고 우리는 살아 있는 동안만 그 시간을 쓸 수 있습니다. 언젠가는 죽을 테니까요. 그러므로 완벽한 시간은 지금 이 순간입니다.

관계를 변화시키는 데는 10분이면 충분합니다

SHONDA RHIMES

숀다 라임스 내 딸 하퍼는 열세 살입니다. 그 아이는 나와 많이 달라요. 아주 다르죠. 외향적이고 키가 크며 날씬하고 아름다운, 여배우 같은 아이죠. 나는 남은 평생 방구석에 앉아서 책을 읽을 수 있다면 행복해할 사람이고요. 우리는 완전히 정반대입니다. 그리고 올해 나는 이런 생각을 골똘히 하면서 시간을 보냈습니다. '어떻게 하면 내가 딸의 개성을 포용하고 그 아이를 있는 그대로 빛나게 해줄 수 있을까?' 이 생각은 나에게나 딸에게나 정말 유익했습니다. 전에는 정반대로 생각했죠. '어떻게 하면 딸을 내가 생각하는 아이다운 모습으로 만들 수 있을까?'라고요.

그래서 나는 전에 해본 적이 없는 방식으로 우리 아이들에게 "예스"라고 말하기 시작했습니다. 또 다른 딸아이는 항상 내게 말합니다. "엄마, 나랑 같이 놀까? 같이 놀 거야?" 그럴 때마다 이렇게 대답했죠. "음, 지금은 안 돼. 할 일이 있어. 지금은 안 돼." 그래서 이제 그 아이가 "엄마, 같이 놀까?" 하고 말할 때마다 언제나 "그래" 하고 대답하기로 했습니다.

그러다 보니 DGA(미국감독조합) 시상식에 가려고 이브닝 드레스를 입고 있거나, 가방을 둘러메고 출근길에 나서거나, 언제 무슨 일을 하다가도 멈추고 아이와 함께 네 발로 바닥을 기어 다니며 놀아줘야 하죠. 하지만 그 아이는 세 살입니다. 그러니 10분이면 됩니다. 아이는 그 시간으로 만족해요. 그것은 내가 생각하는 엄마의 역할, 엄마로서의 자긍심을 바꾸어놓았습니다.

그리고 그것이 우리의 관계를 변화시켰습니다.

사무실 바닥에 피 흘리며 쓰러져 있다면 성공한 게 아닙니다

ARIANNA HUFFINGTON

아리아나 허핑턴 나는 강박이 심한 A형 성격이라 아침에 반드시 요란한 자명종 소리가 울리도록 해놓았습니다. 다행히 생명을 위협할 정도로 심하지는 않습니다. 그러나 허핑턴 포스트를 창업하고 나서 두 해가 지난 2007년 4월 6일 급기야 과로로 쓰러졌습니다. 책상에 머리를 부딪쳐서 광대뼈가 부서지고 오른쪽 눈가를 네 바늘이나 꿰매야 했죠. 시력을 잃지 않은 것이 천만다행이었어요. 설상가상으로 나에게 무슨 문제가 있는지 알아내기 위해 이 의사 저 의사 만나면서 MRI부터 심장초음파 검사까지 해야 했습니다. 뇌종양이냐고 물었지만, 의사들은 문제를 찾아내지 못했죠.

결국 의사들은 내게 의학적인 문제는 없지만 내 생활방식과 우선순위가 완전히 잘못되었다고 하더군요. 그러고 나서 종종 기다려야 하는 시간이 생겼지요. 알다시피, 병원 대기실은 삶에 관해 중요한 질문을 던지기에 아주 좋은 장소입니다.

그래서 나 자신에게 물었습니다. '이것이 성공인가?' 성공에 관한 전통적인 정의에 따르면 나는 성공했다고 할 수 있습니다. 하지만 성공의 온전한 정의에 따르면 사무실 바닥에 피를 흘리며 쓰러져 있는 것은 성공이 아니지요. 내가 사람들에게 해주고 싶은 말은 건강을 잃으면 모든 것을 잃는다는 것입니다.

현재의 순간에 존재하는
가장 좋은 방법은 지금 여기에 있지
않다는 것을 인식하는 것이다.
내가 지금 여기에 없다는 것을 인식하면
곧바로 그 순간으로 돌아오게 된다.

— 디팩 초프라

침묵 속에서 휴식하는 것이 바로 수행입니다

Father RICHARD ROHR

리처드 로어 신부 나는 긴 침묵의 시간을 가지려고 노력합니다. 침묵하면서 그 속에서 휴식하는 법을 배우면 그것이 휴식이 됩니다. 그리고 그 상태를 시금석으로 삼아 하루를 보냅니다. 내 역할, 성공, 직함, 저술과는 별개로 신 안에서 본연의 나 자신으로 돌아갑니다. 그 안에서 그런 것들은 모두 사라집니다. 침묵은 세상의 모든 고등 종교에서 찾아볼 수 있는 영성 수행 방법입니다. 그리고 내가 수행을 하는 방법이기도 합니다. 내면의 침묵을 발견하고 나서 모든 것을 둘러싸고 있는 침묵에 경배하는 것입니다.

우리 모두는 연결되어 있습니다

RAINN WILSON

레인 윌슨 나는 배우가 되겠다고 결심했습니다. 배우가 되는 게 꿈이었죠. 예술가가 되고 싶었고 그것은 내 마음 가장 깊은 곳에 있는 열망이었습니다.

오프라 우리 영혼의 중심에 있는 소명이 당신이 말하는 그 열망이지요.

레인 윌슨 그렇습니다. 나는 배우가 되지 못하면 죽어버리겠다고 생각했습니다. 그 정도로 배우가 되려는 욕망이 강했습니다. 그와 동시에, 아시다시피, 나는 어릴 때부터 바하이교 신자였고 부모님도 바하이교 신자입니다. 세계 종교를 간단히 설명하기는 어렵지만 본질적으로 바하이교는 통합의 종교입니다.

오프라 그래서 당신은 성장하면서 모든 종교에 열려 있었고 우리는 모두 같은 사람이라는 믿음을 갖게 되었군요. 우리 모두 연결되어 있다고요.

레인 윌슨 그리고 우리 모두가 인간이라는 하나의 가족이라고 느꼈고, 생각하고 걷고 말할 수 있을 때부터 그것을 선물이라고 느꼈습니다.

오프라 그런 생각이 당신의 성격뿐 아니라 당신의 예술에 분명히 스며들어 있다는 것이 확실히 보입니다.

레인 윌슨 오늘날 이 시대에 바하이교에 관한 흥미로운 점이 한 가지 있습니다. 바하 알라*

는 우리에게 예술은 기도와 다르지 않다고 말하지요.

오프라 멋진 말이군요. 멋져요.

레인 윌슨 붓을 들어 화폭에 그림을 그리는 것과 교회에서 머리를 숙이는 것은 아무런 차이가 없다는 말이지요.

오프라 그 말을 들으니 머리카락이 쭈뼛거리고 가슴이 설렙니다. 예술은 기도이고, 창작은 기도의 표현이군요.

* 바하이교의 창시자.

웃는 것은 기도이고 감사이고 즐거움입니다

NORMAN LEAR

오프라 당신이 책에서 말하기를 우리가 함께 웃으면 하나가 된다고 했습니다. 웃음이 어떻게 인간의 경험을 고양시키는 걸까요?

노먼 리어 내가 장수할 수 있었던 건 지금까지 살면서 아주 많이 웃은 덕분이라고 믿습니다. 이런 생각을 하면 즐거워요. 소리라도 지르고 싶을 정도로 말입니다. 아치 벙커*가 한창 웃길 때 나는 여러 번 청중 뒤에 서 있었습니다. 청중이 다 함께 웃을 때 보면 어떤 사람들은 자기도 모르게 자리에서 일어나 옆으로 나와서 내려왔다가 다시 자리로 돌아가곤 하더군요.

오프라 맞아요. 전에는 생각해본 적이 없는데 당신 말이 맞아요.

노먼 리어 그리고 만일 우리 삶이 좀 더 영적인 것들로 채워져 있다면, 청중이 배를 잡고 웃는 것은 기도이고 감사이고 즐거움이지요.

오프라 그렇군요. 듣고 보니 그렇습니다. 웃음은 봉헌이군요.

노먼 리어 그렇습니다.

오프라 찬양이고요.

* 노먼 리어가 제작한 1970년대 시트콤의 캐릭터.

누구에게나 멈춤이 필요합니다

IYANLA VANZANT

이얀라 반젠트 여기 교훈이 하나 있습니다. 새로운 상황이나 새로운 환경, 새로운 삶의 경험을 마주하면 치유가 필요한 모든 것이 수면 위로 떠오른다는 것입니다.

오프라 우와!

이얀라 반젠트 그때 잠시 숨을 돌리고 마음을 가라앉히며 기도를 하는 시간을 갖지 않으면 언제나 했던 그대로 하게 됩니다.

오프라 그렇죠.

이얀라 반젠트 따라서 정신을 바짝 차리고 침착하게 중심을 잡은 다음 말해야 해요. "이번에는 이 일을 어떻게 처리할 것인가?"

오프라 그러니까 잠시 멈춰야 한다는 거군요.

이얀라 반젠트 우리는 스무 살부터 서른 살까지는 멈춤 없이 삽니다. 이 직장에서 다음 직장으로 이 집에서 다음 집으로 갑니다. 누구에게나 멈춤이 필요합니다. 심호흡을 한번 하세요. 멈추세요.

오프라 여성들은 관계에서 그런 실수를

끝없이 반복합니다. 남성들도 그렇지요.

이얀라 반젠트 그렇습니다.

오프라 한 사람을 떠나 다음 사람에게 가고, 또 다음 사람에게 가지요. 달라 보이거나 더 커 보이거나 그쪽 잔디가 더 푸르게 보이기 때문에요. 그리고 뭔가 다르고 새로운 것을 원하면서 정작 우리 자신은 오래된 것들을 모두 그대로 가져가지요.

이얀라 반젠트 나는 아버지에게 인정을 받기 위해 애쓰고 있다는 것을 깨닫기까지 40년이 걸렸습니다. 한 사람에게 무려 40년을 매달렸어요. 그러면서 계속해서 아버지를 원망하곤 했지요.

오프라 계속해서…….

이얀라 반젠트 반복적으로요. 그러던 어느 날 내 영혼이 갑자기 열리면서 성령의 말씀이 들렸습니다. "그런 식으로는 아버지가 너를 사랑하게 할 수 없다." 그때 비로소 나는 잠시 멈추어서 나 자신을 들여다보았습니다. 그것은 진실이더군요. 진실을 대면하는 것은 힘듭니다. 지옥 같은 고통이지요. 이런 말을 해서 미안합니다.

오프라 미안해요, 여러분.

이얀라 반젠트 진실은 우리를 자유롭게 합니다. 하지만 진실이 밖으로 나오게 하려면 산통을 겪어야 합니다.

진정한 자유는 우리 자신으로부터의 자유입니다

MICHAEL SINGER

오프라 내 이야기를 하자면, 나는 궁극적으로 신의 힘이 흐르는 자기Self의 자리로 연결될 수 있기를 바랍니다. 우리에게 그런 일이 일어나게 하려면 무엇부터 시작해야 할까요?

마이클 싱어 우리는 매일의 삶 속에서 그 지점에 다가가야 합니다. 당신도 알다시피, 우리의 삶은 매 순간이 영적인 경험이니까요, 그렇죠?

오프라 예, 그래요. 그래서 우리가 <슈퍼 소울 선데이>에 와 있는 것이지요.

마이클 싱어 매 순간이 영적인 경험인 이유는 우리는 대부분의 문제가 우리 자신의 정신적 반응에 의해 생겨난다는 것을 알기 때문입니다. 생활은 하루 단위로 전개되므로 우리는 더 이상 같은 식으로 반응하지 않기로 선택할 수 있습니다. 우리는 직장에 출근하고 아이들을 돌봅니다. 그런 혼란 속에 있다 보면 무슨 일이든 확대하고 과장하고 강조해서 생각을 하게 되지요.

오프라 그러면 어떻게 해야 하죠? '깨어 있음'이 말하는 것을 받아들이려면 어떻게 해야 할까요?

마이클 싱어 어지러운 마음을 그대로 내버려두면 결국 조용한 자리로 가게 됩니다. 그곳으로 돌아가게 되어 있습니다. 고요한 곳으로.

오프라 고요함, 고요함.

마이클 싱어 내가 경험한 바에 따르면 현실을 들여다볼 수 있으면 무엇을 해야 하는지 알게 됩니다.

오프라 그래요. 스스로 알지는 못해도 우리 모두 추구하는 것이 있다고 생각해요. 여러 해 동안 내가 이 프로그램 출연자들에게 "원하는 게 무엇인가요?" 하고 물으면 모두가 행복이라고 답하곤 했습니다. 그렇지만 사람들은 궁극적으로 자유를 원하는 게 아닐까요?

마이클 싱어 그렇습니다. 사람은 절대적인 행복을 추구합니다. 그리고 그게 바로 자유가 의미하는 것이죠. 그렇죠?

오프라 그게 그런 의미군요. 신나네요!

마이클 싱어 그리고 중요한 사실은, 진정한 자유는 우리 자신을 위한 자유가 아니라 우리 자신으로부터 자유로워지는 것입니다.

진실을 말하려고 노력하는 것, 그것이 기도입니다

ANNE LAMOTT

앤 라모트 나는 뒤뜰에서 반려견들과 내 고양이라고 부르는 아주 까탈스러운 고양이와 함께 있을 때는 신을 편안하게 만날 수 있습니다. 그러나 누가 아플 때, 불편한 전화를 받을 때, 누군가 병 진단을 받거나, 세상이 아주아주 불안해 보일 때는 완전히 속수무책이 됩니다. 평정심이 깨집니다. '이런 일은 옳지 않아'라고 생각하죠.

오프라 당신은 우리가 언제 어디서나 기도할 수 있다고 생각하죠?

앤 라모트 언제라도 할 수 있고 어떤 말이라도 할 수 있어요. 나는 가끔 이렇게 말합니다. "지금 농담해요?"라고요. 아니면 "이 사람 좀 봐주면 어디가 덧나요?"라고도 하죠. 무슨 말이라도 할 수 있어요. "당신에게 정말 화가 나는군요. 괜찮은 척하고 싶지 않아요. 어쩔래요?" 이것도 기도입니다. 침묵도 기도가 될 수 있죠. 분노도 기도가 될 수 있습니다. 모두 기도입니다. 우리가 세상 사람들이 잘못 알고 있다고 생각하는 것에 대해 이야기할 때, 우리 마음 깊은 곳에 있는 뭔가를 이야기할 때, 우리는 진실을 말하려고 노력하는 것입니다. 그것이 기도입니다.

화는 90초면 사라집니다

Dr. JILL BOLTE TAYLOR

질 볼트 테일러 박사 몸이 어떻게 느끼는지 주의를 기울여보십시오. 우리는 화가 날 때 우리 몸이 어떻게 느끼는지 알 수 있으니까요. 화가 났을 때 우리는 선택을 할 수 있습니다. 그냥 화를 낼 수도 있고, 몸이 어떻게 느끼는지 주의를 기울일 수도 있습니다. 화가 났을 때의 생리 반응은 단지 90초 정도 지속됩니다. 방아쇠가 당겨지고 화가 나기 시작하는 순간부터 화학물질이 몸을 휩쓸고 지나가서 밖으로 완전히 분출되기까지 90초면 끝납니다.

오프라 시간을 재라고요?

질 볼트 테일러 박사 시간을 재보세요. 90초가 지나면 화가 사라질 것이고 그러면 말할 수 있죠. "그래, 이제 지나갔군" 하고요.

오프라 좋아요. 그런데 왜 사람들은 감정의 응어리를 안고 있을까요?

질 볼트 테일러 박사 같은 생각을 자꾸 되풀이하면서 그러한 감정 회로를 반복적으로 자극하기 때문이죠. 그래서 순환 고리가 만들어집니다.

그래서 적대감으로 자꾸 되돌아가게 됩니다. 며칠, 몇 주, 몇 년씩 화난 상태로 지내기도 합니다. 정말 고약하죠. 알게 모르게 우리 스스로 그 순환 고리로 돌아가는 것을 선택하기 때문입니다.

눈을 보며 명상하면
내 안의 아름다운 사람이 보입니다

ZAINAB SALBI

자이나브 살비 나는 사실 내가 미인이라고 생각해본 적이 없습니다. 전남편을 비롯해 많은 사람들이 "당신은 아름다워요"라고 말했지만 나는 거울을 보면서 그렇지 않다고 생각했죠. "나는 미인이 아니야"라고요. 어느 날 한 티베트 여자가 내게 진심을 담아서 말했습니다. "당신의 눈을 보면서 명상을 해보세요." 그래서 거울로 갔습니다. 매일 보던 그 거울로 가서 명상을 하며 내 눈동자를 들여다보기 시작했죠. 그렇게 명상을 계속하다 어느 날 내 영혼을 보았습니다. 그때 "와, 내 안에 아름다운 사람이 있구나"라고 느꼈지요. 그러자 조금씩 내가 가진 아름다움이 보이기 시작했고 스스로를 비판하지 않게 되었습니다.

고통이나 걱정은 아기처럼 보살펴야 합니다

THICH NHAT HANH

틱낫한 당신이 온전히 지금 여기에 존재한다면, 한 걸음 내딛거나 숨 한 번 쉬는 것으로도 신의 왕국에 들어갈 수 있습니다. 행복은 지금 이곳에서 찾을 수 있습니다. 일단 그 왕국에 들어가면 권력과 명성, 감각적 즐거움 같은 당신이 갈망하던 대상을 좇을 생각이 없어지죠.

오프라 마음챙김을 할 때 주의가 산만해지면 어떻게 하지요? 그럴 땐 호흡에 집중을 해야 할까요, 아니면 그 상황에 저항하지 말고 그대로 두어야 하나요? 가장 먼저 어떻게 해야 하나요?

틱낫한 그저 오롯이 마음을 모아 숨을 쉬면서 그 느낌을 인식해야 합니다. 상황을 이해하고 두려움이나 걱정 같은 부정적인 감정에 휘말리지 말아야 합니다. 우리는 여전히 우리 자신입니다. 엄마들이 어떻게 하지요? 아기가 울면 엄마는 아기를 들어 올려 품에 부드럽게 안아줍니다. 고통이나 걱정은 아기와 같아서 보살펴야 합니다. 자신을 돌아보고 내면에 있는 고통을 인식하고 그 고통을 보듬어주면 위안을 얻게 됩니다. 마음챙김과 집중을 계속 수련하면 그 뿌리와 불행의 본질을 이해하게 되고 그것을 변화시키는 방법을 알게 됩니다.

우리의 삶은 항상
우리에게 말을 걸고 있다.
근본적인 영적 질문은 이것이다.
"귀 기울여 들을 것인가?"

—Oprah

4장

영혼의 GPS

SPIRITUAL GPS

나에게 지혜란 내가 아는 것과 느끼는 것이 완벽하게 일치하는 순간을 인식하는 것이다.

우리에게 올바른 결정이 무엇인지 알려주는 그 번쩍이는 섬광이 나오는 근원은 한 곳뿐이다. 바로 영혼, 우리 자신의 영혼이다.

우리가 가장 사랑하고 신뢰하는 사람들은 언제라도 기꺼이 우리에게 조언을 해줄 준비가 되어 있다. 그러나 우리는 각자 자신만의 여행 계획을 세워야 한다. 나는 시련에 부딪히고 길을 잃고 어디로 가야 할지 몰라 방황할 때마다 여덟 살 때 외운 시 「불굴의 영혼Invictus」에 나오는 구절을 떠올리며 앞으로 나아갔다.

나는 내 운명의 주인.
나는 내 영혼의 선장.

우리는 각자 자신의 배를 조종하면서 매 순간 결정을 내린다. 우리와 세상 사이에 세워진 그 모든 보호막 아래에는 내면의 목소리가 존재한다. 우리는 그 목소리를 여러 가지 이름으로 부른다. 누군가는 그것을 본능 또는 직관이라고 부른다.

나는 항상 그곳에 있는 '앎'을 우리 영혼의 GPS라고 부른다. 이것은 우리 내부에서 길을 잃거나 장애에 부딪치더라도 언제나 가야 할 길을 알려주는 나침반과 같은 역할을 한다. 그 GPS는 언제나 작동하고 있다. 우리가 옳은 경로로 가고 있는지 엉뚱한 방향으로 들어섰는지 감지한다. 앞으로 나오는 이야기에서는 우리의 영성, 우리의 GPS가 하는 말을 좀 더 잘 들을 수 있도록 도와주는 특별한 방법이나 실제 경험을 배우게 될 것이다.

내가 지금까지 했던 올바른 결정들은 직감에 귀를 기울인 덕분이었다. 모든 잘못된 결정은 내 안에 있는 그 작고 조용한 목소리를 듣지 못한 결과였다. 우리의 삶은 우리에게 속삭이며 넌지시 말한다. "음, 뭔가 느낌이 좋지 않아." 그 속삭임을 무시하면 그것은 우리에게 돌멩이를 던지면서 경고한다. "문제가 있어. 위험해." 이 신호를 계속 무시하면 불가피하게 묵직한 벽돌에 머리를 맞은 듯한 경험을 하게 될 것이다. 삶이 벽돌 담장처럼 와르르 무너지는 것을 보게 될 것이다. 나는 살면서 이런 일을 종종 겪었고 지금은 첫 번째 속삭임에 즉시 반응하려고 노력한다.

내가 〈슈퍼 소울 선데이〉에서 대화를 나눌 때마다 배우는 것은 누구든 내면의 나침반을 무시하고 길을 잘못 들어서면 경보음이 시끄럽게 울린다는 것이다. 경보음은 직장을 잃든 관계가 단절되든 돈 문제가 생기든 어떤 형태로든 나타난다. 그러나 절망에 빠져서 허우적거리며 사는 삶을 멈출 기회는 있다. 언제든지 정신을 차리고 경고 신호와 속삭임, 돌멩이와 벽돌에 주의를 기울이며 살아가면 된다.

이 세상에서 우리가 존재하는 진정한 목적은 진정한 우리 자신을 향해 가는 것이다. 각자 자신이 오를 수 있는 가장 높은 수준의 삶을 사는 것이다. 가장 순수하고 정직하며 자연스러운 삶, 진정한 나 자신의 삶을 사는 것이다.

참된 우리 자신으로 살게 된다면 우리 몸의 모든 세포가 깨어나서 진동하게 될 것이다. 무슨 일을 하든지 지치지 않고 힘이 솟아날 것이다.

직관을 따르기 바란다. 직관 속에 참된 지혜가 있다.

— *Oprah*

자신을 좋아하게 되면 다른 사람과도 함께할 수 있습니다

MICHAEL BERNARD BECKWITH

오프라 진동에 대해 이야기해보지요. 당신의 가르침에는 이 단어가 많이 나옵니다. 언젠가 나는 처음으로 모든 존재에 에너지와 파장이 있다는 걸 깨달았죠. 우리의 모든 역할과 생의 목표가 그러한 파장과 일치할 때 우리 자신의 인생이 흐름에 따라 움직일 수 있게 된다고요.

마이클 버나드 벡위스 맞습니다. 우리는 진동하는 존재입니다. 우리는 살과 뼈로만 이루어진 존재가 아닙니다. 무엇이든 현미경으로 들여다보면 모든 것이 진동한다는 사실을 알게 됩니다. 과학자들은 그 진동에 정보가 있다고 말합니다. 그것은 고정된 것이 아니라 항상 움직입니다. 그러니 우리는 진동하는 존재입니다. 방금 말씀하신 것처럼 그 진동을 우리가 원하는 수준으로 끌어올리면 처음에는 그 상태로 진동을 하다가 어느 순간 우리의 삶 속에 나타납니다. 우리가 마음에 증오나 원한을 품고 있다면 진동의 속도를 늦추고 있는 것입니다.

오프라 방금 그 말씀에서 '아하'를 느꼈어요. 우리의 진동 주파수를 인식한다는 것은 언제나 우리 자신, 그러니까 우리가 내보내는 것과 같은 진동에 끌려가게 된다는 말씀이지요?

마이클 버나드 벡위스 맞습니다. 달리 말하면 우리가 기꺼이 진동을 맞추려고 하지 않는 것은 우리 것이 될 수 없어요. 아시겠어요? 그래서 복권에 당첨된 사람들이 모든 것을 잃는 것입니다. 그들은 함께 지내고 싶은 사람이 생겨도 그 관계를 유지하지 못합니다. 또한 어느 정도 성공을 해도 그 상태를 계속 유지하지 못합니다. 내면의 진동이 일치하지 않았기 때문이죠. 그런 일이 진짜로 일어난 적이 없었던 것입니다. 우리는 일시적으로 뭔가를 조작하고 얻을 수 있지만 그것을 온전히 소유하려면 우리의 진동을 그것과 같은 수준으로 끌어올려야 합니다. 우리 쪽에서 억지로 끌어당겨서는 안 됩니다. 우리 자신이 퍼져나가게 해야 합니다. 안에서 밖으로 발산되도록 하는 것입니다. 우리가 사랑과 조화와 평화의 진동 파장이 되면 그것이 밖으로 발산되어 우리의 삶 속에 나타나게 됩니다.

오프라 그게 핵심이군요. 그 말이 맞아요. 뭔가를 끌어당기는 게 아니라 우리가 그것이 되고 그것을 발산하면 그것이 우리에게 끌려오는 거죠. 그리고 우리는 그것에게 끌려가고요. 그러니까 우리가 우리 자신에게 어떻게 하는지가 중요하군요.

마이클 버나드 벡위스 우리 자신을 좋아해야 합니다. 혼자 있을 때 자신의 생각을 들여다보아야 합니다. 훌륭한 생각을 하고 있는지, 터무니없는 생각을 하고 있는지 말입니다. 그러면서 우리 자신을 보듬어 주고 용서하고 사랑해야 합니다. 혼자일 때 자기 자신과 사랑에 빠지고 자신을 좋아하게 되면 다른 사람과 함께할 수 있습니다. 우리 자신을 좋아하지 않으면 행복해지려고 억지로 다른 사람을 끌어당기게 됩니다.

생명력을 잃는 것처럼 정신적으로 고갈되어서는 안 됩니다

CAROLINE MYSS

캐롤라인 미스 우리가 사는 동안 일어나는 모든 일을 배움이나 교훈으로 여기고 살아간다면, "진실은 무엇인가?", "이것은 나를 지치게 하는가? 힘이 나게 하는가?"라는 질문을 하게 되겠지요. 우리가 하는 모든 선택은 누군가를 이롭게 할 수도, 해롭게 할 수도 있습니다. 누군가에게 힘을 줄 수도 있고 뺏을 수도 있습니다. 우리가 어떤 결정을 할 때마다 '여기에서 뭔가를 배울 수도 있고 배우지 못할 수도 있다'는 것을 이해하면 어떤 일이 일어날까요?

오프라 그러니까 우리의 모든 선택이 사기를 진작시킬 수도 있고 저하시킬 수도 있다는 말이지요?

캐롤라인 미스 그렇습니다. 그 중간은 없어요.

오프라 다른 말로 하면, 사랑을 향해 가지 않으면 우리는 사랑에서 멀어지는 거로군요. 두려움을 향해 가는 것이죠. 그렇죠?

캐롤라인 미스 네. 다른 선택은 없어요. 우리는 마트에 가서도 생각합니다. '이걸 살 것인가 말 것인가?' 그러면 당신의 직관이 말합니다. '이건 안 먹을 것 같다.' 그런데 만일 이런 목소리에 귀를 기울이지 않는다면 아주 사소한 일에서도 두려움을 향해 걸어가게 됩니다. 직감의 목소리가 차단되기 때문이죠.

오프라 그렇게 매일 크고 작은 일에서 우리는 우리 자신에게 힘을 주기도 하고 빼앗아가기도 하는군요.

캐롤라인 미스 그래요.

오프라 그런데 우리가 옳은 길로 간다는 사실을 어떻게 알 수 있죠? 어떤 꿈을 꾸어야 하고 어떤 남자를 만나야 하고 어떤 일을 해야 하는지 어떻게 알 수 있을까요?

캐롤라인 미스 좋아요. 단서가 하나 있어요. 우리는 자신을 배반하는 입장에 서면 안 됩니다. 더 이상 우리 자신을 배반하면 안 됩니다. 우리 자신의 진실을 양보하면 안 됩니다. 그것은 우리 자신을 배반하는 행위입니다. 당신 자신을 양보하는 것처럼 느껴지는 건 하면 안 됩니다.

오프라 알겠어요. 그러니까 이런 거군요. 우리가 어떤 일을 하면 그만큼 재능과 소질이 있다고 생각하죠. 그런데 우리 자신이 생각하는 가치만큼 대가를 받지 못하면 매일 일터로 가면서 이런 생각을 합니다. '나는 가치를 인정받지 못하고 있어', '내가 하는 일만큼 대우를 받지 못해', '사장이 형편없어' 등등 모든 것이 못마땅하게 느껴질 것입니다. 그러니까 우리 자신을 좀 더 존중하고 자긍심을 느낄 수 있는 입장에 놓으면 상황이 변한다는 거군요.

캐롤라인 미스 그 일이 당신에게서 힘을 앗아가는지, 정신적으로 피곤한지, 당신의 영혼을 다치게 하지는 않는지, 마음 한구석으로 혼란을 느끼고 있는지, 기진맥진해지는지 생각해보십시오. 하루 일을 마치고 나면 피곤하기는 해도 생명력을 잃어가는 것처럼 정신적으로 고갈되지는 말아야 합니다.

세상에서 내가 있어야 할 자리는 어디일까요?

CHERYL STRAYED

셰릴 스트레이드 어머니가 돌아가셨을 때 나는 천애 고아가 된 것 같았습니다. 어머니는 내 삶의 뿌리였는데, 갑자기 그 뿌리가 사라져버렸죠. 어머니를 사랑하는 마음이 북받쳐 올라왔습니다. 절망적인 슬픔에 빠졌고 삶에 대한 회의로 가득했죠. 내 삶의 여행이 시작된 곳이 사라진 것 같았습니다. 내가 어디에 있는지 알 수 없었어요. 우리는 누구나 이런 생각을 하다 보면 소속감을 원하는 근원적인 욕구로 돌아갑니다. 최초의 소속감은 우리의 어머니와 아버지로부터 주어집니다. 그런데 내게는 두 사람이 더 이상 존재하지 않았죠. 그렇다면 나는 누구이고, 어디에 있는 것일까? 마치 은하수에서 길을 잃은 것 같았습니다. 그러다 마음의 안정을 찾았을 때 나의 부활이 시작되었고 세상에서 내가 있어야 할 자리를 새롭게 정의하게 되었습니다.

우리는 사랑을 향해 가지 않으면 두려움을 향해 가게 됩니다

MARIANNE WILLIAMSON

오프라 당신이 이런 말을 했던 게 기억나요. 사랑을 향해 가지 않으면 두려움을 향해 가게 된다고요. 이 말이 내게 깊이 와닿았고 변화를 가져왔습니다. 알고 보면 우리의 모든 행동은 그 두 가지 감정에서 비롯되죠. 그 후로는 항상 내가 사랑을 향해 가고 있는지 두려움을 향해 가고 있는지 인식합니다. 또 당신이 쓴 책 구절 중에 내가 가장 사랑하고 자주 인용하는 말이 있습니다. “우리의 가장 큰 두려움은 부족함이 아니다. 우리가 무한히 힘이 세다는 것이다.” 여기서 말씀하신 두려움은 무엇인가요?

메리앤 윌리엄슨 누군가에게 해를 입힐 수 있다는 두려움입니다. 내가 뭔가를 가지면 당신은 갖지 못한다고 생각하는 것이죠. 하지만 내가 진정한 나 자신으로 살고 있다면 무의식중에 당신이 당신 자신으로 살 수 있게 해줍니다. 물질세계에서의 진실은 정신세계와는 정반대입니다. 물질세계에는 여러 개의 파이 조각들이 있어 내가 한 조각을 가져가면 당신은 그만큼 덜 갖게 됩니다. 그러나 정신세계에서는 내가 더 많이 가질수록 다른 사람들에게 더 많은 기회가 돌아갑니다. 깨우침이 그렇고, 자기실현이 그렇고, 우리 가슴속의 사랑을 실현하는 것이 그렇습니다. 당신이 살아온 삶을 돌아보면 알 수 있을 것입니다.

오프라 모든 사람의 삶이 그렇지요.

세상의 무게에 눌릴 땐 간절한 바람을 떠올려보세요

President JIMMY CARTER

오프라 당신은 자신을 '기도하는 사람'이라고 표현했습니다. 그리고 백악관에 있을 때만큼 기도를 많이 한 적이 없다고도 했습니다. 당신의 간절한 기도는 무엇인가요? 어떤 기도를 마음속에 담고 있나요?

지미 카터 대통령 내 재능과 능력을 최대한 활용해서 이 땅 위에 신의 왕국을 실현하는 일에 기여할 수 있게 해달라는 것입니다. 그리고 그 일은 평화와 자유를 지키고 고통을 줄이고 인권을 향상시키는 것이라고 믿습니다.

오프라 지금 많은 사람들이 어깨 위에 세상을 짊어지고 사는 것처럼 무게감을 느낍니다. 무거운 짐을 짊어진 것처럼요. 당신이 미국의 대통령일 때는 말 그대로 어깨에 세상의 무게를 짊어지고 있었습니다. 정말 그렇게 느꼈나요?

지미 카터 대통령 그랬지요.

오프라 항상 그 무게를 느꼈나요?

지미 카터 대통령 그렇습니다. 나는 세상에서 가장 규모가 큰 군대를 거느리고 있었고, 지구상의 그 누구보다도 경제, 정치, 문화에 큰 영향을 미치고 있었죠. 나는 그 힘을 지혜롭고 최대한 겸손하게 사용하기를 원했습니다. 또한 나의 결정이 다른 사람들에게 좋게도 나쁘게도 작용할 수 있다는 사실을 인식하고 있었습니다.

오프라 그 모든 일에서 당신의 신앙은 어떤 역할을 했나요?

지미 카터 대통령 백악관에 있는 동안 신앙을 현실에 적용하려고 노력했습니다.

오프라 당신의 신앙은 언제 가장 어려운 시험대에 올랐나요?

지미 카터 대통령 인질이 잡혀 있었고 내 아내를 포함해 거의 모든 측근들이 이란에 군사 행동을 취할 것을 촉구할 때였습니다. 그때 나의 기독교 신앙은 불가피한 상황이 아니라면 군사 행동은 피할 것을 조언했습니다. 다행히 내가 대통령으로 재임하는 동안 우리는 포탄을 투하한 적이 없었고 미사일을 발사한 적도 없으며 총알을 쏜 적도 없었습니다.

나는 우리 안에 아주 커다란
구멍이 있어서 그 구멍을 쇼핑이나
인간관계, 음식이나 섹스, 마약 같은 것으로
채우려 한다고 믿는다.
그 구멍은 밖에 있는 것이 아니다.
우리 안에 있다. 우리 내면과 관계가 있다.
영적인 수행, 직관에 귀 기울이기,
창조적 표현, 봉사하기 등과 연관되어 있다.
이런 것들로 계속해서
그 커다란 구멍을 채워가야 한다.
그러지 않으면 우리는
바다에서 떨어져 나온 물방울처럼
금방 말라서 사라져버린다.

— 마스틴 킵

달리는 기차를 멈추고 싶지 않다고 "예"라고 말하지 마세요

ELIZABETH GILBERT

오프라 당신이 위기를 느낀 것은 결혼 생활에 문제가 있었기 때문인가요?

엘리자베스 길버트 여러 가지 문제가 있었고 우리는 서로 맞지 않았어요. 하지만 남편에게 책임을 돌리고 싶지는 않습니다. 다른 무엇보다도 내 마음속의 화산이 문제였으니까요.

오프라 당신이 문제였다고요?

엘리자베스 길버트 그랬죠. 어느 날 내 삶이 나답지 않고 점점 더 나빠지고 있다는 것을 깨달았어요.

오프라 오호, 당신의 삶이 더 이상 당신답지 않았다고요. 잠깐만요. "내 삶이 더 이상 나답지 않았다"는 것은 어떤 거죠?

엘리자베스 길버트 내 삶이 내 것처럼 보이지 않았어요. 친구들이 우리 집에 와서 말했죠. "네가 이런 집에 살고 있다니 믿기지 않아." 그래서 대답했어요. "아니, 좋아. 난 정말 행복해." 하지만 그건 사실이 아니었죠. 그러다가 아이를 갖는 일에 대해 이야기를 나누던 중에 사달이 났습니다. 내가 결혼에 이르게 된 과정을 돌이켜보면, 많은 여자들이 그런 경험을 하겠지만, 나 역시 상반된 감정을 갖고 있었어요. 나는 삶에서 중요한 고비마다 항상 상반된 감정을 느꼈어요. 반반이었죠. 하고 싶기도 하고, 그렇지 않기도 했어요. 그런데 달리는 기차를 멈추고 싶진 않아서 항상 "예"라고 말했어요.

오프라 "예"라고 했군요.

엘리자베스 길버트 20대에는 "모르겠다"라는 말을 해도 된다는 생각을 하지 못했어요. 우리는 "잘 모르겠다"라고 말할 수 있고 알 때까지 필요한 시간을 달라고 요구할 수 있습니다. 그리고 누군가 그 시간을 주지 않는다면 그를 떠나도 됩니다. "잘 모르겠다"라고 말하고 그대로 눌러앉아 있어도 됩니다. 그런데 나는 그러지 않았죠. 불편했기 때문입니다. 아무도 그런 상황을 좋아하지 않으니까요. 그래서 나는 항상 "예"라고 했어요. "아, 그러죠 뭐. 우리 같이 삽시다, 결혼합시다. 집을 삽시다. 뭐든지 같이 합시다……." 하지만 사실 내 감정의 절반은 "예"였고 나머지 절반은 "아니요"였죠. 그러다 어느 날 "아이를 가집시다"라는 말이 나왔고, 그때 나는 생각했어요. '이 결정은 예도 아니고 아니요도 아닌 입장에서 할 수 없다. 확실하게 예가 아니면 안 된다.'

내가 속할 장소를 찾아야 합니다

SUE MONK KIDD

수 몽크 키드 적어도 내게는 영혼이 종종 갈망을 통해 말을 합니다. 그래서 초조해집니다. 영혼이 갈망할 때는 우리에게 무언가 말을 하려고 합니다. 우리를 끌어당기는 것으로 말을 합니다. 그래서 갈등과 열망, 초조함을 느끼지요.

오프라 그래요. 그 말에 공감할 사람이 아주 많을 거예요. 내가 젊은 시절 볼티모어에서 기자로 일하던 때가 기억납니다. 그때 나는 매일 잠에서 깨면 밖으로 나가 기삿거리를 찾아다녔죠. 뉴스를 찾아다니는 일이 나와는 잘 맞지 않는다고 느꼈습니다. 내게 맞는 다른 일이 있을 거라고 생각했죠. 내 친구 게일(우리는 거기서 동료로 만난 친구였죠)은 그 일을 사랑했고 아주 잘 맞았어요. 게일은 탐구적이고 호기심도 많아서 그 일을 마음에 들어 했습니다. 그에 비해 나는 잘못 와 있다는 느낌이 들었어요. 당신이 간호사였을 때는 어땠나요? 간호사는 정말 명예로운 소명이고 적성이 맞는 사람은 누구보다 잘할 수 있습니다. 당신은 간호사 일이 맞지 않는다고 느꼈나요? 내가 기자일 때 그랬듯이 말입니다.

수 몽크 키드 그랬어요. 내가 있어야 할 곳이 아니라고 느꼈지요. 내가 속한 장소가 아니라고요.

오프라 아, 그렇군요. 우리 모두 찾고 있

지요. '나는 어디에 속해 있는가?'

수 몽크 키드 내가 속한 곳을 찾아야죠. 내가 속해 있지 않은 곳에서 어떻게 믿음이 생길 수 있을까요?

오프라 맞습니다.

수 몽크 키드 간호사로 일할 때는 그 일이 세상에서 가장 가치 있는 일이라 여기고 잘하려고 노력했습니다. 그러나 내게 맞지 않았어요. 내가 속해 있는 장소가 아니라고 느꼈지요. 그래서 얼마 후 그 일을 그만두었죠.

때로는 어두운 곳에서 가장 행복한 자신을 발견할 수 있습니다

TIMOTHY SHRIVER

티모시 슈라이버 '정상.' 이 단어는 폭압적입니다. 문명을 병들게 하는 암과도 같습니다. 당신은 정상인가? 여기저기 잘 들어맞는가? 다른 사람들과 같은가? 맙소사, 무시무시한 말입니다. 그런데 우리는 모두 이런 식으로 느낍니다. 그래서 사람들은 스페셜 올림픽을 보러 갈 때 슬퍼할 준비를 하죠. 그곳에 가면 동정심을 느낄 거라고 생각하니까요. 이렇게 말하는 사람도 있습니다. "신의 은혜가 없었다면 나도 거기에 나갔을 거야." 물론 선의에서 하는 말입니다. 하지만 그렇게 생각하는 사람들에게 내가 해주고 싶은 말이 있어요. "그런 동정심, 그런 두려움이 '나는 건강하고 그들은 그렇지 않다'는 생각을 하게 만드는 겁니다. 약점을 드러낼 줄 아는 사람만이 갖고 있는 힘이 있습니다"라고요. 스페셜 올림픽 선수들에게 물어보면 그들은 오로지 용기와 믿음만이 진정으로 강한 것이라고 말할 겁니다. 그 밖의 힘은 피상적이고 사람들을 가두어놓습니다. 창살 뒤로 물러나게 합니다. 사회, 문화, 정치, 대인관계, 어디서나 마찬가지입니다. 그곳에는 오로지 힘만 작용합니다. 알다시피, 나는 세상의 주목을 받으면서 자랐습니다. 우리 모두 그런 자리에 있고 싶어 합니다. 성공할 수 있는 자리니까요. 하지만 나는 사람들이 가장 밝은 자리에 섰을 때 자신이 보이지 않는 것처럼 느낀다는 걸 알았습니다. 가끔 우리가 가고 싶어

하는 곳은 가장 감동적이고 가장 의미 있고 목적이 뚜렷한 삶을 발견하는 장소는 아니라는 생각을 합니다. 나도 예전에는 조명을 받는 사람이 되고 싶어 했지만 결국은 아무도 원하지 않는 장소에서 가장 행복한 나 자신을 발견했습니다.

자아는 사기꾼이다.
진정한 나 자신을 기만하고,
나를 내가 아닌 다른 존재라고
생각하게 만든다.
진정한 자긍심은 내 안에 있는
고요함과 현존이 우리 모두에게
있는 현존과 같다는 것을
깨닫는 것이다.

—*Oprah*

5장

자아

EGO

저명한 사상가이자 영성 지도자인 에크하르트 톨레와 나눈 대화는 내 인생에서 가장 의미 있는 경험이었다.

그의 지혜는 매우 혁신적이다. 내 침대맡 탁자에는 그의 저서 『삶으로 다시 떠오르기A New Earth』가 놓여 있다.

에크하르트를 만나기 전까지 나는 자아의 진정한 의미를 모르고 있었다. 자아를 단순히 오만이나 이기심, 우월감 정도로 생각했다. 그러나 이제는 자아가 단지 행동이나 드러나 보이는 모습이 아니라는 것을 안다. 우리는 누구나 자아를 갖고 있다. 하지만 대부분의 사람들은 그것이 자신의 일상생활에 어떤 영향을 주는지조차 인식하지 않고 살아간다.

자아가 우리의 영적 발전을 끊임없이 방해한다는 걸 아는 것은 깨어 있음으로 가는 여행에서 아주 중요한 교훈으로 〈슈퍼 소울 선데이〉에서 내가 즐겨 이야기하는 주제다. 이 프로그램을 자주 보는 시청자들은 내가 거의 항상 이 질문을 하는 것을 알고 있을 것이다. "그런 상황에서 자아는 어떤 역할을 하지요?" 이 장을 위해 선택한 지혜의 말씀들을 읽어보면 이 질문에 대한 답이 매우 보편적이라는 사실을 이해하기 시작할 것이다.

자아는 우리 삶의 모든 측면에 영향을 주고 일상의 궤도에서 벗어나게 만드는 힘을 갖고 있다.

이것을 진실로 받아들일 때 진정한 깨어 있음으로 가는 문이 열린다.

에크하르트는 자아에 근거한 생각들이 어떻게 우리를 지배하고 있는지 이해할 수 있도록 내 눈을 열어주었다. 자아는 우리 자신을 자기 이미지, 성격, 재능, 성취, 열등감과 같은 그릇된 생각과 동일시한다.

자아는 우리 자신과 다른 사람들 사이에 선을 그어 구분 짓는다. 그래서 '이것은 나이고 저것은 다른 사람이다'라는 생각으로 세상을 바라보게 한다. 하지만 우리 모두가 갖고 있는 영적 에너지는 같은 곳에서 나온다. 자아는 판단을 하고 남들과 다른 사람이 되고 싶어 한다. 갈등을 부추기고 적을 만들고 두려움으로 움직인다. 그런 순간에 우리 자신을 돌아보며 "이런, 내 자아가 지금 너무 나대고 있군"이라고 말할 수 있다면 자아의 힘은 줄어들기 시작할 것이다. 우리의 과거나 사회적 지위나 몸의 체형이 우리 자신이 아니라는 것을 알기 시작한다. 은행에 있는 돈은 우리의 진정한 자기와는 아무 관계가 없다는 것을 알게 된다.

내가 이런 대화를 통해 배운 것은 우리가 진정한 영적 발전을 이룬다면 자아의 현재 상태를 떨쳐버릴 수 있는 놀라운 능력을 지니게 된다는 것이다. 에크하르트 톨레가 말하듯 깨어 있는 의식에는 자아가 존재할 수 없다.

— *Oprah*

사랑은 다른 사람에게서 우리 자신을 인식하는 것입니다

ECKHART TOLLE

오프라 당신의 자아는 사라졌나요?

에크하르트 톨레 그렇습니다.

오프라 완전히 사라졌습니까?

에크하르트 톨레 글쎄요. 사실 누가 알겠어요? 내일 자아가 갑자기 다시 나타날지도 모릅니다. 다시 나타난다 해도 나는 그게 정말 자아인지도 모를 겁니다.

오프라 당신이 한 말 중에 내가 즐겨 인용하는 말이 있어요. "선해지려는 노력으로는 선해질 수 없다. 이미 우리 안에 있는 선을 발견하고 그 선이 모습을 드러내게 해야 한다." 이 말도 역시 현존, 우리 내면의 신성을 발견하고 그것을 우리가 하는 모든 일에 가져오라는 의미겠군요.

에크하르트 톨레 그렇지요. 선해지려고 노력하다 보면 자칫 우리의 자아가 더 발전하게 됩니다.

오프라 그렇지요. 자아에 의해 움직이니까요.

에크하르트 톨레 결국 자아가 관건입니다. 예를 들어 어떤 사람들은 이웃을 자신처럼 사랑하려고 노력하지만 결코 쉽지 않습니다. 이웃을 자신처럼 사랑하려면 무엇보다 자기 자신, 즉 외형 뒤에 있는 자기를 만나야 하기 때문이죠. 그래야 우리 자신이 이웃과 하나라는 것을 알게 되고 이웃을 자신처럼 사랑할 수 있습니다.

오프라 맞아요. 정말 훌륭한 말씀입니다. 무슨 말씀인지 알겠어요. 아주 많은 깨달음을 줍니다. 이웃을 자기 자신처럼 사랑하라는 말에서 자기 자신은 인격이 아니라는 말이지요. 이웃에게 극장 입장권을 주거나 하는 자신이 아니라, 우리 내면 깊은 곳에 있는 자기를 의미하는 것이지요. 더 높은 자기요.

에크하르트 톨레 그렇지요. 그래서 나는 사랑이란 다른 사람에게서 우리 자신을 알아보는 것이라고 말합니다. 우리 자신, 우리의 본질적 자기를 알아보는 것이죠. 나는 사람을 만나서 대화를 할 때 상대방을 두 가지 차원으로 보거나 느낍니다. 한 가지 차원은 그들의 외형, 그러니까 그들의 몸과 심리적 기질입니다. 또 다른 차원에서는 그들이 또한 나이기도 하다는 의식, 순수한 본질을 느낍니다.

오프라 당신은 어떤 사람을 만나든지 그렇게 느끼나요?

에크하르트 톨레 그렇습니다. 그러면 사람들을 대하기가 훨씬 더 수월하고 훨씬 즐겁지요. 그 사람의 인격과 심리적 기질은 그다지 훌륭하지 않을 때가 많습니다. 그런 것은 무시해 버릴 수 있습니다. 그 사람에게 그것을 넘어서는 본질이 있다는 것을 알 수 있으니까요.

자아는 생각일 뿐입니다

WAYNE DYER

웨인 다이어 인생의 첫 아홉 달, 태아기를 돌이켜보세요.

오프라 모든 것을 신에게 맡기고 있었죠.

웨인 다이어 모든 것이죠. 우리는 이렇게 말하지 않았어요. "신이여, 제게 코를 하나 주세요. 코가 제자리에 생기게 해주세요." 우리의 모든 것은 신에게 맡겨졌습니다. 그리고 아홉 달 뒤에 세상에 나오면 사람들은 우리를 둘러싸고 말하죠. "정말 훌륭한 작품을 만들어내셨군요, 신이여, 정말 대단해요. 이제부터는 저희가 맡아서 키울게요." 그리고 우리는 세상에 태어난 그 순간부터 자아가 생깁니다. 자아는 신을 가장자리로 밀어내지요.

오프라 오, 이런 이야기는 처음 들어요. 정말 재미있어요.

웨인 다이어 그렇죠. 그렇게 우리는 신을 밀쳐서 옆으로 보내죠. 이 자아란 무엇일까요? 자아는 생각입니다. 생각에 불과합니다. 우리가 하는 생각이지요. 자아는 말합니다. "내가 가진 것이 나다. 내가 하는 행동이 나다. 다른 사람이 생각하는 내가 나다. 나는 다른 사람들과 분리되어 있다. 내가 살면서 놓친 것들에서 분리되어 있다. 나는 신과 분리되어 있다." 이런 생각들이 자아의 여섯 가지 구성 요소입니다. 우리는 그렇게 배우면서 자랍니다. 그래서 지금 이렇게 된 거예요. 그러면 안 되는 거였는데.

상처받은 자아는 스스로 인정하고 싶지
않은 모든 것을 감추려고 한다.
그래서 우리는 부족하고 열등하고
쓸모없고 나쁜 사람이 아니라는 것을
다른 사람들에게 보여주는 가면을 쓴다.
결함과 불안을 지니고 있다는 것을
인정하지 않고 감추려 든다.
그래서 아주 어릴 때부터 페르소나를 만든다.
우리가 갈망하는 사랑과 관심,
인정을 받을 수 있게 해주는 새로운 포장지로
우리 자신을 감싸기 시작한다.
그렇게 해서 어딘가에 속할 수 있는
페르소나를 창조한다.

— 데비 포드

원하는 것을 얼마나 차지하는가로 자신을 평가하지 마세요

BRENÉ BROWN

브레네 브라운 나는 자아를 사기꾼이라고 부릅니다. 우리의 자아는 말합니다. "그 정도로 해서 되겠어? 사기를 치지 않으면 안 돼." 얼마나 빨리 달릴 수 있어? 얼마나 높이 뛰어오를 수 있지? 갖고 싶은 것을 얼마나 갖고 있어? 포스트에 얼마나 많은 댓글이 달리지? 이런 것들은 모두 사기예요.

오프라 그리고 우리는 지금 원하는 것을 얼마나 차지하느냐에 따라 우리 자신과 모든 것을 평가하는 문화에서 살고 있지요.

브레네 브라운 그래요. 우리는 결핍의 문화 속에 살고 있습니다. 충분한 것이 없지요. 충분히 좋지 않고, 충분히 날씬하지 않으며, 충분히 부자가 아니고, 충분히 안전하지 않고, 충분히 확실하지 않지요. 그리고 내가 흥미롭게 생각하는 것이 있는데 당신도 여기에 대해 잠깐 생각해보기를 바랍니다. 당신 역시 오랫동안 사람들의 얼굴을 유심히 보아왔으니까요, 그렇지요?

오프라 그렇죠.

브레네 브라운 나는 9·11이 있기 여섯 달 전에 연구를 시작했습니다. 지난 12년은 우리 문화에 깊은 공포가 드리운 시기였죠. 집단적으로 외상 후 반응을 겪은 것 같습니다.

오프라 세상에, 방금 뭔가 깨달았어요.

브레네 브라운 반갑군요! 무엇입니까?

오프라 방금 당신 말을 듣고 우리가 경계경보를 들으면 그것이 오렌지 코드인지 옐로 코드인지 두려워하던 상황이 변했다는 것을 깨달았어요. 지금은 그 두려움이 내재화되어서 사람들이 사소한 일로 다투고 짜증을 내는 것으로 드러나죠. 이제는 경계경보가 어떤 코드의 경보인지 걱정하지는 않지만 그 두려움이 내재화된 것입니다. 당신이 이런 이야기를 하는 것처럼 들리네요.

브레네 브라운 바로 그 이야기입니다.

우리 자신을 먼저 키워야만 아이도 키울 수 있습니다

Dr. SHEFALI TSABARY

셰팔리 차바리 박사 육아 패러다임이 형성되는 방식은 내가 여느 관계에서 봐온 것보다 더욱 우리의 자아를 부추깁니다. 자아라는 말이 어떻게 들리죠? '내 것'과 '나'라는 말로 들립니다. 그렇지 않나요? 우리는 이렇게 말을 시작합니다. '나는 부모로서……', '내 아이는…….' 소유격으로 말하죠. 주인의식을 지니고 있는 것입니다. 이런 의식이 우리 안에 내재되어 있습니다. 내가 이 관계를 흥미롭게 생각하는 이유는 이것이 우주의 장난이기 때문입니다. 우주는 우리에게 아이들을 줍니다. 그 아이들이 우리 것인 양 말이죠. 그래서 우리는 이런 생각을 하게 되죠. '이 아이는 내 것이야. 이 아이는 내 것이라고 말해야 해. 내 것이라고 말해도 돼.' 그러나 아이는 세상에 나와서 말합니다. "나는 당신이 아닙니다. 나는 당신이 아니라고요. 이제 나와 거래를 해야 해요. 내 말을 들어봐요. 내 영혼이 느껴지나요? 나는 당신에게 속하지 않고 당신의 소유도 아닙니다. 당신을 통해 세상에 나왔지만 당신 것은 아니에요."

우리는 우리 자신을 키우기 전에는 감히 다른 사람을 키우겠다는 생각조차 하면 안 됩니다. 우리 자신이 가장 높은 수준으로 성숙할 때까지는 말이죠. 그런 수준이 된 뒤에야 현재에 사는 그 존재, 어떤 정체성도 없는 그 존재를 만날 생각을 해야 합니다. 나는 부모들에게 이렇게 말합니다. "아이를 키우기 위해서는 당신 자신을 채우려는 엄청난 자아도취와 이기적 욕망이 있다는 것을 인정해야 합니다." 육아는 이타적인 행위가 아닙니다. 이타적인 요소들이 있기는 하죠. 하지만 아이를 갖고 싶다는 욕망은 우리 안에 있는 뭔가를 완성하겠다는 욕망에서 비롯됩니다. 우리가 자신을 먼저 키우지 않고 부모가 된다면 아이를 우리의 축소판으로 만들려고 할 것입니다. 그것은 사실 아이를 키우는 것이 아닙니다. 자기 자신을 키우는 것이죠. 자아는 안에 붙잡아두고 우리 자신을 키워야 합니다. 그래야만 아이에게 귀를 기울일 수 있습니다. 그래야만 아이가 잠재력을 마음껏 펼칠 공간을 만들어줄 수 있습니다.

누군가를 부정적으로 생각하면 오히려 자신이 피해를 입습니다

JACK CANFIELD

잭 캔필드 우리가 누군가에 대해 부정적인 생각을 할 때마다 사실은 우리 자신이 피해를 입습니다. 그리고 또 한 가지 중요한 사실은 우리가 누구를 비판하는 것은 우리 자신의 판단을 투사하는 것에 불과하다는 것입니다. 우리 자신의 어떤 부분은 마음에 들지 않을 수 있습니다. 남들에게 보여주고 싶지 않은 면들도 있습니다. 우리가 타인에게 손가락질을 하면, 세 개의 손가락이 우리 자신에게로 향한다는 속담이 있습니다. 나는 항상 우리가 무엇을 하든 집중을 하면 더 많은 것을 얻는다고 말합니다. 누군가를 비판하고 험담하면 내 안에 불만이 쌓이고, 정작 내가 해야 하는 일에 집중하지 못하게 됩니다.

다른 사람에게 나와 같은 방식을 강요하지 마세요

JEFF WEINER

오프라 당신과 당신의 경력에 관한 기사를 읽었습니다. 얼마 전 《포천》에 기사가 났지요. 그 기사에서는 당신을 "명석한 머리를 무딘 도구처럼 휘둘렀던 사람"이라고 묘사했습니다. 그 글을 읽을 때 어떤 기분이었나요?

제프 와이너 젊을 때 나는 경험이 없는 경영자들이 흔히 저지르는 실수를 하곤 했습니다. 자신이 일하는 방식을 팀원들에게 투사해서 그들이 자신과 같은 방식으로 일하기를 기대하는 것이죠. 그래서 뭔가 삐걱거리거나 누군가가 내가 기대한 방식대로 하지 않으면 화가 나고 그것을 그대로 표출합니다. 이것은 잘못된 일입니다. 관리자와 대화를 나누던 중 직원들이 이해심이 부족한 것 같다고 말을 하면서 사실 내 자신이 우리 팀에 있는 누군가에게 정확히 똑같이 하고 있다는 것을 깨달았습니다.

오프라 재미있는 이야기네요. 회의를 하면 삐딱한 말을 하면서 계속 수동적 공격성을 드러내는 사람이 있었다죠?

제프 와이너 그래서 그 사람 문제를 상의하기 위해 팀장들끼리 따로 만나 회의를 했습니다. 그 사람이 속한 팀의 팀장도 있었죠. 그는 팀원들에게 아주 효율적으로 역할을 맡겼지만 그들이 일하는 방식은 그가 원하는 것과는 달랐죠. 그래서 계속 불만이 쌓였고 팀원들은 그를 깎아내리는 농담을 하기도 했습니다. 그의 권위를 떨어뜨리는 말을 하곤 했죠. 그걸 보고 나는 '이건 모두에게 좋지 않아'라는 생각이 들었지요. 그것은 회사를 위해서나 팀을 위해서나 좋을 게 없었으니까요. 그 관리자와 나는 가끔씩 일대일로 만났는데 어느 날 내가 말했죠. "내가 한 가지 조언을 하지요. 모두가 보는 앞에서 팀원을 비하하는 농담을 하거나 팀원에게 화를 내고 싶을 때는 거울 앞으로 가서 당신에게 화를 내세요. 당신의 역할은 팀원들이 주어진 역할을 하도록 하는 겁니다. 만일 일하는 방식이 마음에 들지 않는 사람이 있으면 따로 시간을 내서 지도를 하십시오. 그래도 제대로 일을 못하면 다른 역할을 맡겨보세요. 그것도 효과가 없으면 다른 부서로 보내야겠죠. 그리고 그 모든 것을 온정적이고 건설적인 방식으로 처리하세요." 그리고 2주 뒤에 그를 다시 만났을 때 그가 말했습니다. "조언을 해주셔서 감사합니다"라고요. 그가 이 말을 했을 때 나는 내 자신이 우리 팀원에게 똑같이 하고 있다는 것을 깨달았어요. 그 순간에 나는 맹세했습니다. 다른 사람들을 관리하는 책임을 맡으면 온정적인 방식으로 일을 처리하고 사람들에게 나와 같은 방식으로 일하라고 강요하지 않겠다고요. 그들의 입장이 되어서 무엇이 그들에게 동기부여가 되는지, 그들이 원하는 것과 두려워하는 것은 무엇인지 이해해서 최대한 팀을 효과적으로 이끌어가겠다고요.

오프라 그렇게 해서 온정적 리더십이 기업의 가슴과 영혼에 영향을 주게 되는 거군요.

불편함을 받아들이면 발전할 수 있는 기회가 주어집니다

PEMA CHÖDRÖN

페마 초드론 지금까지 직장을 잃거나 어떤 일에 실패한 사람들을 많이 만났습니다. 그런 사람들의 진짜 문제는 마음속 깊이 혼란에 빠지고 완전히 좌절한다는 것입니다.

오프라 그렇지만 그건 자아가 하는 일이죠, 그렇죠?

페마 초드론 그게 자아가 가진 가장 큰 문제지요. 하지만 자아를 없애려고 하거나 야단을 치는 대신 친구가 되면 어떨까요? 자아와 친구가 된다는 말은 자아를 백 퍼센트 온전히 안다는 뜻입니다. 자아를 거부하지 마세요. 믿기지 않겠지만 그것이 자아가 줄어들게 하는 방법입니다. 우리가 자아라고 부르는 것을 붙잡아두고 고착시키는 유일한 이유는 뭔가 지켜야 할 것이 있다고 느끼기 때문입니다. '나는 그곳에 가고 싶지 않다', '나는 그런 감정을 느끼고 싶지 않다.' 만일 우리의 신경계가 고통과 거북함, 불안감을 견디거나 받아들이도록 하면 어떨까요?

오프라 불편하겠죠.

페마 초드론 불편하죠. 하지만 그렇게 해야 우리에게 발전할 수 있는 기회가 주어집니다.

"용서는 과거가
달라질 수 있다는 희망을
버리는 것이다."
용서는 과거를 있는 그대로
받아들이고 지금 이 시간을
앞으로 나아가는 데
사용하는 것이다.

—*Oprah*

6장

용서

FORGIVENESS

평화와 목적을 추구하는 사람들을 괴롭히는 가장 큰 문제는 용서가 쉽지 않다는 것이다.

어린 시절 학대와 인간적 배신으로 여러 번 충격을 받은 나는 도저히 넘을 수 없을 것처럼 보이는 장애물을 마주하고 있는 사람들에게 동병상련을 느낀다. 그 모든 원한과 복수심, 아쉬움과 미련을 버리는 여행은 영성 수행에서 가장 어려운 과제 중 하나다. 하지만 그 여행은 우리에게 가장 큰 보상을 가져다준다고 장담할 수 있다. 용서의 이면에는 자유가 있기 때문이다.

한때 나는 용서란 가해자를 받아들이고 그의 행동을 용납하는 것이라고 믿었다. 그때는 진정한 용서의 목적이 그 사람이 어떤 잘못을 했든 그로 인해 더 이상 현재 나의 삶이 영향을 받지 않는 데 있다는 것을 이해하지 못했다.

그러다 〈오프라 윈프리 쇼〉에서 제럴드 G. 잼폴스키 박사가 용서를 다음과 같이 정의하는 말을 듣고 비로소 다른 관점을 갖게 되었다.

"용서는 과거가 달라질 수 있다는 희망을 버리는 것입니다."

이 말을 듣고 나는 소름이 돋았다! 어떤 '아하' 보다도 더 크게 나를 변화시킨 순간이었다. 나는 그 말이 무척 마음에 들어서 내 개인적 화두로 삼았다.

나는 이 원리를 영성 법칙으로 받아들임으로써 내 삶을 한 단계 더 높은 수준으로 끌어올릴 수 있었다. 〈슈퍼 소울 선데이〉의 시청자들은 내가 아직도 이 말을 자주 한다는 것을 알 것이다. 그동안 〈슈퍼 소울 선데이〉에서 출연자들이 들려준 인생 경험은 용서가 어떤 기능을 하는지 내가 더 깊이, 더 넓게 이해하도록 해주었다. 독자들도 이 장에 나오는 지혜를 용서가 필요한 곳에 적용하기 바란다.

베스트셀러 작가이며 영성 지도자인 이얀라 반젠트는 언젠가 용서에 관해 다음과 같이 말한 적이 있다. 나는 인용문을 모아놓는 오래된 작은 수첩에 그녀가 한 말을 적어두었다.

"우리에게는 다른 사람들이 우리를 대하는 방식을 수용하거나 거부할 자유가 있습니다. 그러나 과거의 상처를 치유하기 전에는 계속 피를 흘릴 것입니다. 그 상처를 음식이나 술, 약물, 일, 담배, 섹스로 덮을 수는 있겠지만 결국 다시 피가 새어 나와서 우리의 삶을 얼룩지게 할 것입니다. 용기를 내서 그 상처를 열고 그 안에 손을 넣어 과거와 기억 속에서 우리를 붙잡아두고 있는 고통의 응어리를 꺼내 보고 그것과 화해를 해야 합니다."

이 말의 의미는 내게 아주 분명하다. 용서를 거부하는 것은 혈관에 독을 주사하는 것과 같다. 상처나 상실감, 후회와 실망에 굴복하는 것이나 마찬가지다. 진실을 받아들이자. 진실은 그 모든 일이 과거에 일어났고 지금은 끝났다는 것이다. 마음속에서 일어나는 고통을 마주하고 나서 그것을 그대로 떠나보내기로 마음을 먹자. 과거를 떠나보내고, 과거에서 걸어 나와 현재로 들어오자. 용서를 하고, 우리 자신을 해방시키자.

— *Oprah*

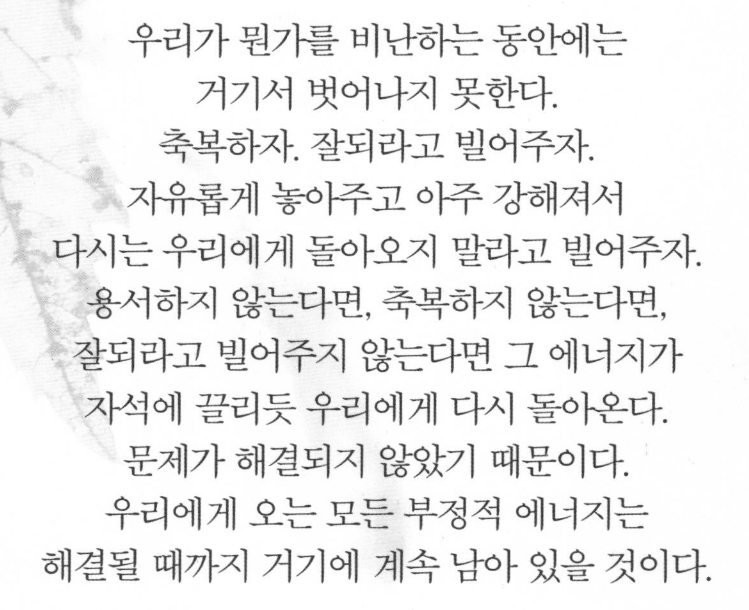

우리가 뭔가를 비난하는 동안에는
거기서 벗어나지 못한다.
축복하자. 잘되라고 빌어주자.
자유롭게 놓아주고 아주 강해져서
다시는 우리에게 돌아오지 말라고 빌어주자.
용서하지 않는다면, 축복하지 않는다면,
잘되라고 빌어주지 않는다면 그 에너지가
자석에 끌리듯 우리에게 다시 돌아온다.
문제가 해결되지 않았기 때문이다.
우리에게 오는 모든 부정적 에너지는
해결될 때까지 거기에 계속 남아 있을 것이다.

— 아디야샨티

지혜를 배워야 서로를 이해할 수 있습니다

MARK NEPO

마크 네포 우리는 역설에 관해 이야기한 적이 있습니다. 역설은 한 가지 이상이 옳은 경우를 말합니다. 책임과 용서는 역설적인 관계입니다. 잘못을 했으면 당연히 책임을 지는 것이 맞습니다. 우리는 타인에게 하는 행동에 책임을 져야 합니다. 그런데 서로 상처를 주고 때로는 책임을 회피하기 때문에 상처가 더욱 커집니다. 그러나 우리는 모든 경험에서 지혜를 배울 수 있습니다. 지혜가 있어야 배움을 시작할 수 있습니다. 배우기를 거부하면 우리가 하는 경험을 이해할 수 없고, 그러면 서로를 이해할 수 없습니다.

그 모든 일은 용서에서 비롯되었습니다

WAYNE DYER

웨인 다이어 아버지는 우리를 두고 떠났습니다. 가족을 포기한 것이죠. 어머니는 스물네 살이 되기도 전에 네 살도 안 된 아들 셋을 혼자 키워야 했습니다. 때는 대공황 시기였죠. 나는 깊은 분노와 원망과 증오를 안고 살았습니다. 매일 밤 악몽을 꾸었죠. 밤에 식은 땀을 흘리며 잠에서 깨곤 했어요. 나는 아버지를 찾으려고 했습니다. 결국 그 일은 미시시피 빌록시에 있는 아버지의 무덤 앞에서 끝났죠. 불과 몇 달 전까지도 나는 아버지가 사망했다는 사실을 알지 못했습니다. 아버지의 시신은 배에 실려 그곳으로 왔습니다. 나는 아버지의 무덤으로 갔고 마침내 그 앞에 서서 말했습니다. "이 순간부터 당신을 사랑하는 마음을 갖겠습니다. 이 순간부터 더 이상 당신에게 원망이나 증오, 통한을 품지 않겠습니다." 그 후로 다시는 아버지 꿈을 꾸지 않았어요. 다만 아버지의 존재를 아주 자주 느낍니다. 그날 이후로 나는 술을 끊었습니다. 술은 더 이상 내 삶의 일부가 아닙니다. 체중을 줄이고 식단을 바꾸었습니다. 그러자 내 인생에 좋은 사람들이 나타나기 시작했습니다. 그 모든 일이 용서에서 비롯된 것이죠.

자비심이 용서를 가능하게 했습니다

Pator JOHN GRAY

존 그레이 목사 임종을 앞둔 아버지 곁에서 나는 말했습니다. "제 옆에 있어주지 않은 것을 용서합니다. 그리고 아버지 이름의 명예를 지키겠습니다." 제 이름은 존 그레이 3세입니다. 나는 아버지의 유산을 물려받았다고 생각해요. 그리고 아버지가 살아 있는 모습을 마지막으로 본 사람이기도 합니다. 아버지의 머리맡에서 찬송가를 부르고 함께 기도하고 자랑스러운 아들이 되겠다고 말했습니다. 마흔두 살이 된 지금도 나는 가끔씩 창밖을 내다보며 아버지가 길에서 걸어 내려오는 모습을 상상한답니다.

오프라 그러시군요!

존 그레이 목사 나는 아버지를 네 번밖에 본 적이 없습니다.

오프라 안타깝군요.

존 그레이 목사 나는 아버지를 사랑합니다. 전에는 아버지에 대해 알지 못했지요.

오프라 아버지가 당신 곁에 없었던 것을 어떻게 용서할 수 있었나요?

존 그레이 목사 신과의 연결이 아버지의 삶을 되짚어볼 수 있게 해주었습니다. 나는 아버지의 죽음을 통해 아버지의 삶을 들여다보게 되었어요. 그리고 아버지의 어머니, 즉 나의 할머니와 아버지의 관계를 생각했습니다. 할머니는 매우 엄격하고 폐쇄적이며 냉정한 사람이었습니다.

오프라 그렇게 아버지의 삶을 되짚어보니 아버지가 어떤 사람이었는지 알 수 있었군요.

존 그레이 목사 그래서 아버지에게 자비심이 생겼습니다.

오프라 오, 자비심이라.

존 그레이 목사 절대 기쁘게 해줄 수 없는 여자와 매일 같이 살아야 하는 게 어땠을지 생각하니까 아버지에게 화를 낼 수 없었죠. 아버지는 어릴 때 실수를 하면 당연히 냉대를 받으면서 자랐을 겁니다. 그런 생각을 하자 아버지에게 자비심이 생기기 시작했습니다.

무슨 일이 있었든
당신을 사랑하고 용서해서
그 일로 상처를 받지 않아야 한다.
일어난 일은 이미 지나갔고
이제는 바꿀 수 없다.
그대로 받아들이고 앞으로 계속
나아가야 한다.

— 돈 미겔 루이스

실수를 인정하면 훌륭한 교훈이 됩니다

TRACEY JACKSON

트레이시 잭슨 우리는 실수를 변명하고, 실수로부터 숨고, 실수에 대해 사과하면서 많은 시간을 보냅니다. 그냥 실수를 인정하고 "이런, 이게 나야. 내가 실수한 거야. 내가 저지른 일은 내가 알아서 해결할 거야"라고 말해야 해요. 하지만 우리는 소위 '감정 보따리'를 지니고 다닙니다. 그 모든 부담감을 커다란 보따리에 넣어서 등에 지고 다닙니다. 그리고 그걸 들고 다니다가 무거우면 다른 사람에게 떠넘기는 부당한 짓을 하죠. 실수는 우리가 실수라고 인정하면 훌륭한 교훈이 됩니다. '나는 나쁜 사람이 아니다. 실수를 했고 거기서 교훈을 배웠다'라고 생각하십시오. 교훈을 배운다면 어떤 날도 좋은 날이 됩니다.

용서란 분노에서 자유로워지는 것입니다

SHAKA SENGHOR

오프라 용서란 어떤 것일까요? 이 문장을 완성해주세요. 용서란…….

샤카 상고르 용서란 우리를 한 인간으로 성장하지 못하게 가로막고 있는 분노에서 자유로워지는 것입니다.

오프라 당신은 자신을 어떻게 용서할 수 있나요?

샤카 상고르 나 자신에게서 한 발짝 떨어져 선하게 태어난 작은 소년을 찬찬히 들여다봅니다. 가장 힘들었던 것은 살인을 저지른 나 자신을 용서하는 일이었습니다. 내 많은 부분을 용서할 수 있었지만 그것이 가장 힘들었습니다.

오프라 당신은 희생자 데이비드에게 편지를 썼더군요. 그것은 어떤 의미였나요? 무슨 말을 하고 싶었나요?

샤카 상고르 그날 밤 내가 그런 결정을 내린 것에 대해 미안하다는 말을 하고 싶었습니다. 그리고 나 자신에게도 말하고 싶었죠. 그 결정은 나 스스로 한 것이라고요.

오프라 데이비드가 당신에게 그런 결정을 내리게 한 게 아니고요?

샤카 상고르 그 사람이 내게 그런 결정을 내리게 한 게 아니었습니다. 나에게 책임이 있었어요.

오프라 속죄란 무엇일까요?

사카 상고르 우리가 진정으로 누구인지 증명해 보일 수 있는 두 번째 기회가 주어지는 거죠. 인간은 누구나 잘못된 결정을 할 수 있습니다. 그러나 우리는 그런 결정을 넘어설 수 있고 인생에서 의미 있는 일을 할 수 있습니다. 그 결정에 발목이 잡혀 있어서는 안 됩니다. 나는 장애물을 만나면 종종 이런 생각을 떠올리곤 합니다. 한 인간으로서 공정한 기회를 달라는 게 내가 원한 전부였습니다. 인간이 되기 위한 공정한 기회를 얻는 것, 나에게 속죄란 그런 것입니다.

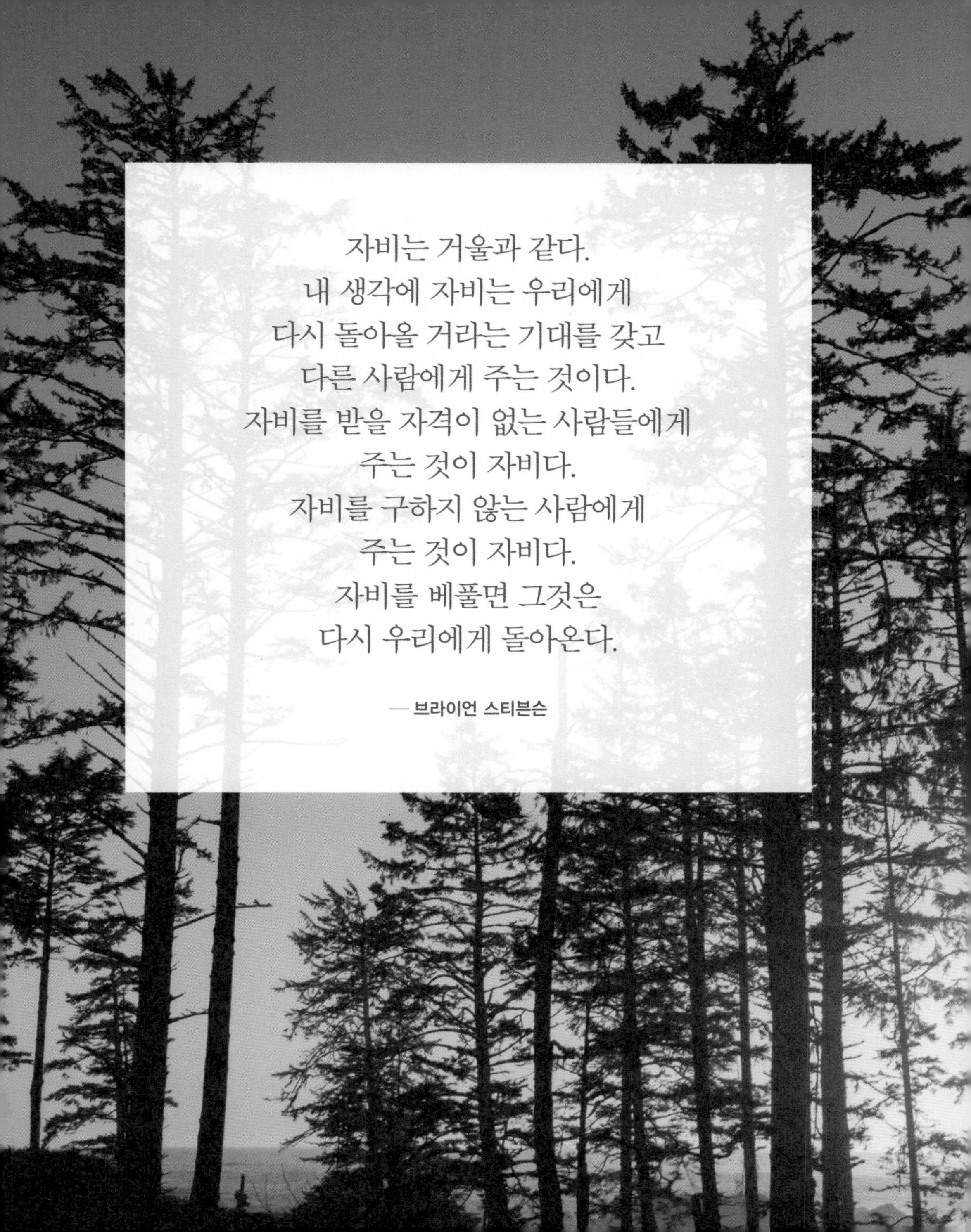
자비는 거울과 같다.
내 생각에 자비는 우리에게
다시 돌아올 거라는 기대를 갖고
다른 사람에게 주는 것이다.
자비를 받을 자격이 없는 사람들에게
주는 것이 자비다.
자비를 구하지 않는 사람에게
주는 것이 자비다.
자비를 베풀면 그것은
다시 우리에게 돌아온다.
— 브라이언 스티븐슨

진정한 성장은 떠나보내는 것입니다

MICHAEL SINGER

오프라 지난 두 해 동안, 〈오프라 윈프리 쇼〉를 끝내기 전부터, 나는 신 옆에서 더 가까이 걸어가게 해달라고 기도했습니다. 지금 생각해보면 내가 그 기도를 할 때 백합꽃이 핀 들판을 걷는 상상을 한 것 같아요. 하지만 그곳은 장미가 핀 정원이었을 수도 있겠지요? 우리가 어떨 것이라고 상상하는 게 때로는 틀릴 수도 있으니까요.

마이클 싱어 "죽어야 거듭난다"라는 말이 있지요. 이 말은 개인적인 나 자신과 심리적인 나 자신, 불평하는 목소리를 기꺼이 버리는 것을 의미합니다.

오프라 우리의 정체성을 버리는 거군요.

마이클 싱어 모두 버려야 합니다.

오프라 우리가 생각하는 이미지라든지 …… 그 모든 것을 말이죠.

마이클 싱어 그렇죠. 있는 그대로의 자신이 되기 위해서는 우리가 생각하는 우리 자신을 버릴 수 있어야 합니다. 그것이 "죽어야 거듭난다"라는 말의 의미입니다. 그렇게 자신을 버리면 신이 도와주십니다. 또한 그것을 영적으로 이용하면 그 어떤 명상이나 다른 방법보다도 도움이 됩니다. 명상은 중심을 다잡고 삶이 흘러가는 대로 내버려두는 것입니다. 방법은 달라도, 결국 진정한 성장은 떠나보내는 것이지요.

우리가 하는 모든 경험은,
아무리 충격적이고 아무리 고통스러운
경험이라도 해도, 헛되지 않다.
우리에게 일어나는 모든 일은
우리가 이 땅에 존재하는 의미를
알아가도록 도와주는 수단이다.
중요한 것은 어떤 일이 일어나느냐가 아니라
그 일이 우리 내면에서
무엇이 열리게 하느냐는 것이다.

—Oprah

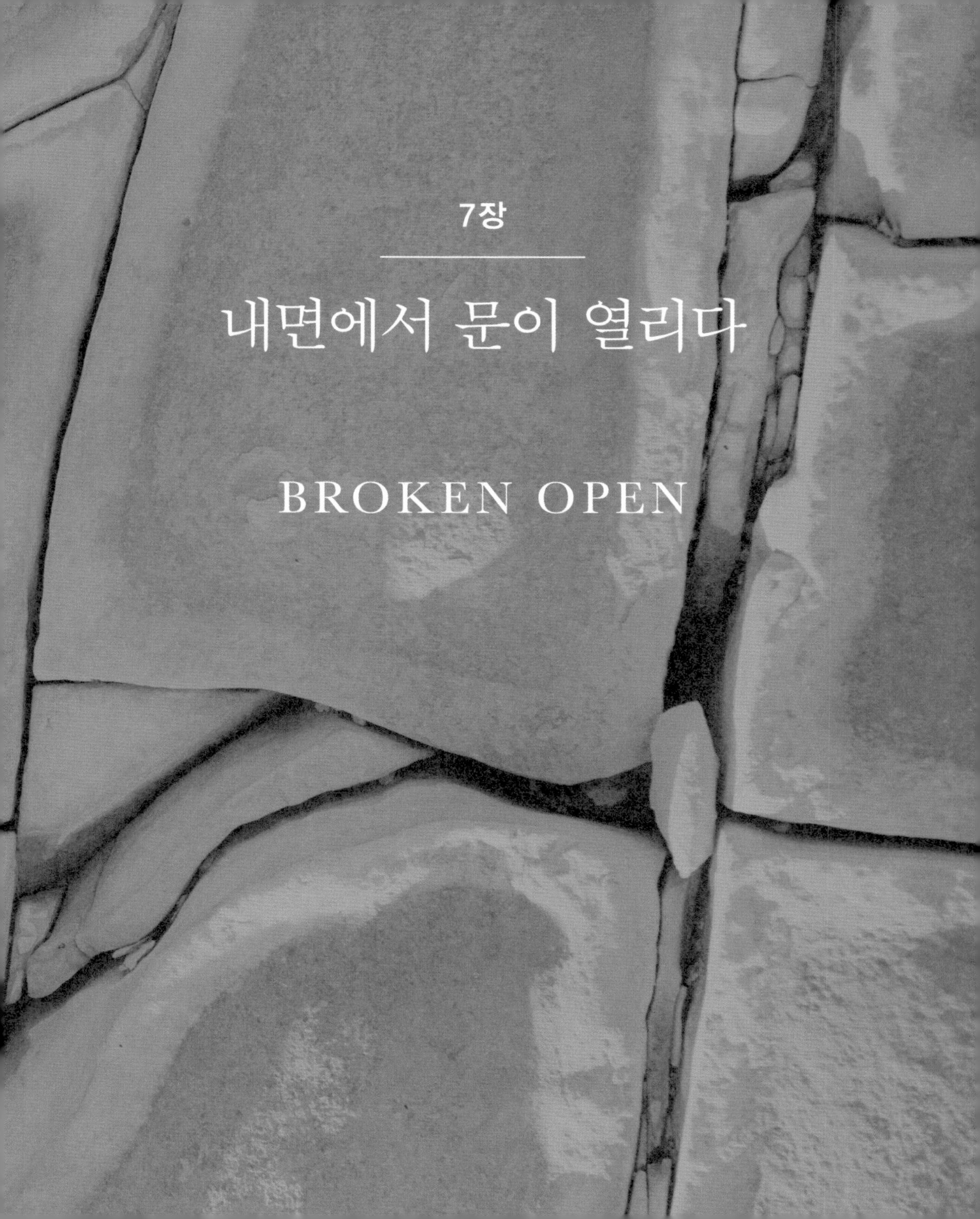

7장

내면에서 문이 열리다

BROKEN OPEN

〈슈퍼 소울 선데이〉에서 나는 종종 이런 질문을 던진다. "지금까지 가장 오랜 시간이 걸려서 배운 교훈은 무엇인가요?"

이 질문을 하면 항상 신중하고 독창적이면서도 매우 개인적인 대답을 듣게 된다. 이 질문에 대한 나의 답은 배우는 데 평생이 걸렸던 교훈이다.

나는 성인이 된 이후 많은 시간을 체중과 씨름하면서 보냈다. 그리고 지금은 내가 오랜 시간 나 자신을 속여왔다는 걸 안다. 나는 거짓말을 혐오한다. 나 자신을 속이는 것이야말로 가장 나쁘다.

마음 한구석에서 나는 내가 음식으로 내 감정을 억누르고 있다는 것을 알고 있었다. 대립과 거부, 분노로 이어질 수 있는 불편하거나 불안한 감정이 느껴지면 언제나 뭔가를 먹어야 했다. 〈오프라 윈프리 쇼〉와 〈슈퍼 소울 선데이〉에서 많은 사람들과 이야기를 한 뒤에 나의 감정적 섭식이 감정을 표현하면 벌을 받았던 어린 시절의 경험에서 비롯되었다는 것을 깨달았다. 어린 시절 나는 몇 차례 소란을 피우고 나서 금세 감정을 억누르는 법을 배웠다. 여섯 살밖에 되지 않았지만 내 감정은 인정받지 못한다는 걸 알았다.

그렇게 나의 체중 문제의 원인이 무엇인지 알면서도 최근에 와서야 그 해결책을 찾았다.

영적 구도자로서 나는 영성 여행이 우리에게 주어진 온전하고 아름다운 모든 것을 감싸 안을 뿐 아니라 그럴싸하게 꾸며진 외면 아래 오래 묻어둔 상처까지도 끊임없이 보살피는 것임을 안다.

한마디로 말하자면, 상처를 지혜로 바꾸는 것이다.

알고 보니 체중 문제에 관한 한 나는 내가 아는 것을 실천하지 않고 있었다. 나에게 상처를 준 사람들을 용서하고 해방감을 느낀 경험에도, 과체중 문제의 이면에 또 다른 해결되지 않은 문제가 있다는 것을 깨닫기까지는 여러 해가 걸렸다(〈슈퍼 소울 선데이〉에서의 대화가 많은 도움이 되었다).

내가 하는 일은 그 자체로 힘이 되었지만 어린 시절 학대를 당한 경험은 여러 사람의 모습을 하고 내 삶에 계속해서 나타났다. 치마를 입은 사람도, 바지를 입은 사람도 있었지만 그들과의 관계에는 변화가 없었다. 나는 그 가해자들에게 맞서지 못하고 함부로 선을 넘어오도록 허락했다.

어린 시절 신체적, 성적 학대의 경험은 고압적이고 불편한 상황에서 침묵하는 버릇이 들게 했다. 나는 그런 감정들을 먹는 것으로 억눌렀다.

세상에 이름이 알려지고 나서 어느 날 아버지 집에 갔다가 그 옛날 나를 괴롭힌 사람들 중 한 명을 만났다. 그때 왜 그랬는지 모르겠지만 나는 부엌에서 그 사람을 위해 달걀 요리를 만들고 있었다. 그 사람이 달걀 노른자를 반숙으로 해달라고 말했을 때 순간 정신이 번쩍 들었다. "맙소사, 내가 지금 저 사람을 위해 달걀 프라이를 만들고 있네. 내가 대체 왜 여기서 이러고 있는 거지?"

돌아보면 그 순간이 내게는 새로운 인생의 출발점이었다. 그 순간 내 생각을 말하면 야단을 맞을 거라 생각했던 아홉 살 소녀의 침묵이 떠올랐다. 그리고 마침내 그런 순종적인 관계가 나의 개인적이고 직업적인 관계에서 되풀이되고 있다는 사실을 깨달았다. 나는 그때까지도 뭔가 당혹스러운 상황을 마주하면 내 생각을 말하기보다 아홉 살 소녀 시절의 침묵으로 돌아가곤 했다. 오래전에 나를 괴롭힌 사람을 위해 달걀 요리를 하고 있던 것처럼.

나는 마침내 내 체중과 건강한 관계를 맺으려면 감정을 먹는 것으로 억누르는 대신 필요하면 당당히 맞서야 한다는 사실을 깨달았다.

여기까지 생각이 미치자 머릿속에 전구가 환하게 켜진 것 같았다. 아하! 나의 내면에서 문이 열렸을 뿐 아니라 나는 그 문을 통과했다!

이제 더 이상 나에게 체중 줄이기는 저울의 숫자를 정하거나 옷에 몸을 맞추는 문제가 아니다. 모든 생활의 측면에서 특히 뭔가가 마음에 들지 않을 때 진실을 이야기하고 진실되게 사는 게 중요하다. 이제 나는 내가 느끼는 감정을 솔직하게 말하는 것으로 내 자신의 자유를 지키고 있다. 그로 인해 관계가 어긋난다 해도 말이다.

수치심이나 억압, 비밀을 지니고 사는 사람에게는 언젠가 스스로 멀리해온 감정들을 한꺼번에 직면해야 하는 일이 생길 수 있다.

〈슈퍼 소울 선데이〉에서 많은 영성 지도자들은 깊은 혼란과 좌절의 시기에 어떻게 위대한 깨달음을 얻게 되는지 들려주었다. 실직, 중독, 실연, 사랑하는 사람의 죽음, 질병 등의 시련은 우리 마음속에 있는 문을 활짝 열리게 할 수 있다. 베스트셀러 『먹고 기도하고 사랑하라』의 저자이자 프로그램의 단골 출연자인 엘리자베스 길버트는 이런 시련을 "욕실 바닥에 서 있는 순간"이라고 부른다. 어떤 이들은 "영혼의 어두운 밤"이라고 부른다.

우리 자신을 밖에서 바라보며 "왜 나에게 이런 일이?"라고 물을 게 아니라, 그 어떤 일도 우리와 무관하게 일어나지 않는다는 것을 알아야 한다. 삶은 항상 우리에게 무언가를 말하고 있다. 나의 체중은 내가 해결해야 할 문제가 있다는 걸 끊임없이 상기시켜주었다. 이런 생각이 들면, 삶이 우리를 다른 방향으로 밀어내고 있다는 사실을 기억하자. 우리를 위해 다음에 찾아올 위대한 여행으로 향하는 문을 열어주는 것이다. 그리고 분명히 알아둘 것은, 어떤 경험도 헛되지 않다는 것이다.

시련은 우리에게 새로운 중력의 중심을 향해 갈 수 있는 기회를 준다. 저항하지 마라. 저항할수록 고통이 심해질 뿐이다. 진실과 싸워서 이길 수는 없다. 그보다는 진실을 발견하고 그 진실이 우리 마음의 문을 열게 하자.

— *Oprah*

깊은 상실감 속에서
참된 나를 발견하기 시작했습니다

ELIZABETH LESSER

엘리자베스 레서 우리는 쓰러지면 그 상태로 있다가 결국 완전히 무너져내릴 수도, 다시 힘을 내서 일어날 수도 있습니다. 이것은 우리의 결정에 달려 있지요. 의지의 문제입니다. '나는 아주 힘든 시간을 보내고 있다. 하지만 이것은 귀중한 경험이고, 최고의 내가 될 수 있는 기회다'라고 생각해야 합니다.

이혼을 하고 싱글맘이 되는 과정에서 나는 모든 것을 잃었습니다. 경제적 안정, 자존심, 생활 기반, 집까지 잃어버렸죠. 모든 것이 변했습니다. 하지만 깊은 상실감 속에서 진정한 나 자신을 찾았습니다. 나 자신을 믿기 시작했습니다. 그 무엇도 견딜 수 있는 참된 나를 발견하기 시작했습니다. 우리는 시련을 견디고 싸워 이겨서 새로운 싹을 틔워야 합니다. 그러지 못하면 인생의 절반만 사는 것입니다. 우리는 좌절 속에서 꽃을 피울 수 있습니다.

때로 영성에 눈을 뜨게 되면,
그래서 어디에서나 영성을 보게 되면
혼란 상태에 빠진다.
그리고 모든 게 무너져 내린다.
그럴 때는 일을 해야 한다.
술을 마실 때가 아니다. 다시 중독에
빠질 때가 아니다. 일을 해야 한다.
그런 순간들은 우리 자신을 보여줄 수 있는
기회를 주기 위해 나타나기 때문이다.
우리에게 주어지는 과제에 집중하고,
우리 자신을 보여주자!
모든 것을 위로 올라오게 하면
치유가 가능해진다.

— 가브리엘 번스타인

성공은 우리에게 아무것도
가르쳐주지 않는다.
나는 서른이 될 때까지는 어느 정도
성공을 해서 자아를 형성해야 한다고 말한다.
그러나 그 숫자는 임의적이다.
내가 서른이 넘어서 배운 것은 모두
굴욕, 죄악, 실패, 거절, 배신 등에서 얻은 것이다.
그런 경험은 내 영혼을 확장시킨다.
사실 그런 경험은 하고 싶지 않다.
게다가 그 교훈은 나중에야 알게 된다.
당장은 벗어나고 싶을 것이다.
하지만 이틀만 지나면 굴복과 순응과
깨달음 속에서 내가 점점 더 성장하고
있다는 것을 알게 된다.

— 리처드 로어 신부

무서운 것들을 다 적고 나니 살아갈 힘이 생겼습니다

ALI MACGRAW

오프라 영적이라는 것은 진정한 우리 자신, 우리가 정말 되어야 하는 사람이 되어가는 것이라고 생각해요. 나에게는 그 과정이 그렇게 보입니다. 당신은 예순다섯 살이 되었을 때 두려웠나요? '결국 올 것이 왔구나' 생각했나요?

앨리 맥그로 그때 내가 무얼 했는지 모르실 겁니다. 정말 우스운 짓을 했어요. 나는 여행을 할 때 반드시 일기장을 들고 갑니다. 멕시코의 오지에 집이 있는 친구가 있는데 거기에 책 한 권과 형광펜 두 자루를 들고 갔습니다. 그러고는 내 방에 틀어박혀서 예순다섯 살이 된 소감을 썼습니다. 이런 글을 썼지요. "나는 다시 성생활을 할 것인가?" 이건 빨간색 형광펜으로 썼어요. "삼중 턱을 어떻게 할 것인가?" 이건 끔찍한 초록색 형광펜으로 썼어요. 친한 친구들에게만 털어놓을 수 있는 진실들을 썼습니다. 내가 가진 무시무시한 허영심에 대해 썼습니다. 그러고는 쓰고 울고 다시 쓰고 울고 하다가 결국 그것도 싫증이 났지요. 그렇게 이틀 동안 차를 마시고 내가 무서워하는 것들과 다른 여러 가지들을 쓰면서 보냈습니다.

오프라 혹시 예쁘다는 말을 더 이상 듣지 못하는 게 두렵지는 않았나요?

앨리 맥그로 사람들이 무서워하게 될 거라고 말하는 모든 게 다 무서웠죠. 그리고 그것들을 모두 글로 썼어요. 그렇게 계속 썼죠. '그래 이걸로 됐어.' 그러다가 이제 그만해도 되겠다고 느꼈죠. '다 적었다. 이제 일어나서 계속 살아가자.' 그날은 아주 즐거웠습니다.

오프라 일종의 퇴마의식을 한 거군요.

앨리 맥그로 완전히 퇴마의식이었죠.

실수는 삶이 우리에게 다른 방향으로 가라고 알려주는 방법입니다

SARAH BAN BREATHNACH

오프라 당신이 쓴 『혼자 사는 즐거움Simple Abundance』에 세상이 보인 반응에 화들짝 놀랐겠죠?

사라 밴 브레스낙 아, 그랬죠.

오프라 정신을 못 차릴 정도였나요?

사라 밴 브레스낙 정신을 놓치지 않으려고 애썼죠. 나는 그저 매일 카풀을 하고 고양이 모래를 갈아주고 감사를 주제로 글을 쓰고 있었고, 감사를 주제로 한 자기계발 책은 팔리지 않을 거라는 말을 들었죠. 그런데 어느 날 책을 내자는 요청을 받았어요. 처음에는 믿기지 않았습니다.

오프라 나는 평소에도 감사하는 마음을 갖고 살았습니다. 『혼자 사는 즐거움』은 나에게 감사하는 마음을 의식처럼 매일 생활 속에서 실천하는 법을 가르쳐주었죠. 하지만 어느 날 갑자기 부자가 된다면 그건 아주 다른 경험일 것 같은데요. 그런 일이 일어날 때는 준비가 되어 있어야 하죠. 당신은 준비가 되어 있었나요?

사라 밴 브레스낙 아니요. 그렇지 않았어요. 아시다시피 그건 정신과 마음이 완전히 뒤흔들리는 경험이었습니다. 그래도 내 나름대로 최선을 다했어요.

오프라 그런 생활 방식에 금방 적응했나요?

사라 밴 브레스낙 네.

오프라 당시에 경제적으로 뭘 할 수 있고 뭘 할 수 없는지 알고 있었나요?

사라 밴 브레스낙 몰랐어요. 직원을 고용하면 돈이 얼마나 드는지도 몰랐습니다.

오프라 조수가 아홉 명이었지요?

사라 밴 브레스낙 예, 아홉 명이었습니다.

오프라 조수 아홉 명. 그들에게 주는 급여, 건강보험, 출장비…….

사라 밴 브레스낙 그들의 대출 보증도 섰지요. 돈과 관련해서 개인적으로나 사업상으로나 할 수 있는 모든 실수를 다 저질렀습니다.

오프라 왜 그런 실수를 했을까요?

사라 밴 브레스낙 내 나름대로 최선을 다하고 있었으니까 그런 상황이 계속될 줄 알았어요.

오프라 록스타가 앨범이 대박 나면 계속해서 대박 행진이 이어지고, 투어를 다니고, 영원히 그 자리에 있을 거라고 생각하는 것처럼 말이죠.

사라 밴 브레스낙 맞아요!

오프라 『혼자 사는 즐거움』이 돌풍을 일으킨 뒤에 당신은 영국으로 돌아가서 사랑에 빠졌지요. 세 번째 결혼이었는데, 당신이 기대했던 러브스토리는 이루어지지 않았죠.

사라 밴 브레스낙 처음 두 해 동안은 잘 지냈어요. 그 사람이 나에게 버는 돈을 관리할 줄 모른다는 말을 하기도 했지만요.

오프라 그리고 당신은 그 말을 믿었지요. 당신의 일부가 그것을 믿었으니까요. 우리가 어떤 말을 믿는 건 우리의 일부가 그 말이 사실이라고 믿기 때문입니다. 그래서 당신은 당신이 버는 돈과 관련된 비난을 받아들일 수 있었나요?

사라 밴 브레스낙 처음 그 말을 들었을 때는

그 사람이 다소 주제넘는다고 느꼈어요.

오프라 나는 그런 느낌을 속삭임이라고 부릅니다. 처음에는 항상 그런 식이죠. '음, 뭔가 이상한데.'

사라 밴 브레스낙 이상했어요.

오프라 이 사람이 내게 이런 말을 하면 안 되는데 이상하다고 생각했겠죠.

사라 밴 브레스낙 그랬어요. 나는 그 사람의 인정을 받기를 원했지만 그러다 지치기 시작했고 그러자 다음으로 '이대로 살아야 하나?'라는 생각이 들기 시작했어요. 처음 두 해 동안에는 문제가 없었어요. 그다지 나쁘지 않았죠.

오프라 "그다지 나쁘지 않았다"라는 표현이 마음에 드네요. 『혼자 사는 즐거움』을 쓴 사람으로서 당신은 "그다지 나쁘지 않은" 삶을 살 용의가 있나요? 우리는 모두 타협을 하면서 살지요. 나는 20대에 나를 비난하지 않는 사람과 만났던 걸 기억해요. 그게 내 한계였지요. 왜냐하면 비난을 받지 않으려고 하면서 다른 방법으로 스스로를 비하하니까요. 나는 이것을 20대에 깨달았는데, 이 사실은 누구에게나 교훈이 된다고 생각합니다. 온갖 성공의 장식물을 걸친 채 근사하게 보이고, 명품 구두를 신고 보란 듯이 걸으면서 "나는 성공했다"라고 말해도 누군가가 질책하는 걸 견딜 수 있는 진정한 자존감을 느끼지 못하는 게 문제지요.

사라 밴 브레스낙 그런 식으로 살 수는 있지만 툭 하면 자존심이 상하고 상처를 받게 되지요.

오프라 그때 당신이 남편을 떠나지 못한 것은 그에게 의지하고 있었기 때문인가요? 그에게 매여 있다고 느꼈나요?

사라 밴 브레스낙 아니요. 결혼 2주년쯤 되었을 때 그 사람이 나를 대하는 태도가 많이 변했지요. 그래서 물어봤죠. "왜 나한테 그렇게 고약하게 굴어? 왜 그래?" 그가 대답했어요. "이제는 돈을 다 날렸으니까." 설마 진심으로 하는 말은 아니겠지 싶었지만 그것이 그의 진심이었어요.

오프라 가장 괴로운 건 뭐였죠? 돈이 다 떨어진 거였나요, 아니면 돈이 떨어지니까 당신이 중요하지 않은 사람이 되었다는 거였나요?

사라 밴 브레스낙 내가 중요하지 않은 사람이 되었다는 거였어요. '이런 거였어?' 하는 생각이 들었어요.

오프라 그러니까 '내가 그 자리에 오른 게 오직 돈 때문이었던 거야?' 이런 생각이 든 거로군요?

사라 밴 브레스낙 그래요. 나는 창피했고 그 사람이 하는 말을 믿기 시작했던 거죠. 우리는 누군가가 비난을 하면 우리도 같이…….

오프라 맞아요! "나를 비난하지 마!"라고 싸우게 되죠.

사라 밴 브레스낙 정말 화가 나면 나쁜 말들을 하게 되죠. 그리고 내가 그렇게까지 형편없는 실수를 저질렀다는 것을 인정하고 싶지 않았어요.

오프라 이런 말을 하고 싶어요. 중요한 건 항상 언제나 우리 자신이라고요. 아무도 우리에게 우리의 위신을 떨어뜨리는 말을 할 자격이 없습니다. 우리 스스로 품위를 떨어뜨리는 행동을 하거나 그런 취급을 받아도 마땅하다고 느끼지 않는 한 말이죠. 동의하시죠?

사라 밴 브레스낙 동의합니다. 나는 여러 모로 나 자신을 속이고 있었어요. 하지만 그 후에 그 사람을 떠나면서 그 끔찍한 이야기는 해피엔드가 되었어요.

오프라 어떻게 일어나서 떠날 용기를 갖게 되었나요?

사라 밴 브레스낙 딸이 와서 나를 걱정하면서 말했어요. "엄마, 어떻게 된 거야? 그 사람은 엄마를 힘들게 하고 있어. 그는 엄마를 행복하게 해주지 못해." 그래서 나도 말했지요. "네 말이 맞아. 그런데 어떻게 해야 할지 모르겠구나." 딸이 말했어요. "엄마는 많은 여성들에게 도움을 주었잖아. 이제 엄마가 일어날 수 있게 내가 도와줄게." 내가 말했어요. "글쎄, 어디서부터 시작해야 할지 모르겠구나." 딸이 말했어요. "우리 같이 시작해."

오프라 그래서 결국 당신은 고양이를 데리고 언니 집으로 갔군요. 옷 가방 하나만 달랑 들고요.

사라 밴 브레스낙 그리고 이혼 수속을 밟기 시작했어요.

오프라 당신은 『혼자 사는 즐거움』에서 말하는 진정한 즐거움을 찾아서 언니 집으로 가게 되었군요. 그렇게 해서 『평화와 풍요Peace and Plenty』라는 책이 탄생했고요. 그 책을 쓰는 일이 당신에게 도움이 되었나요?

사라 밴 브레스낙 네. 내 삶을 위해서 썼어요. 히트작을 내려고 쓴 것이 아닙니다. 내 삶을 책에 담은 거죠. 돈에 대한 이해와 시각, 돈과 관련된 실수, 그리고 그것이 내가 했던 모든 결정에 어떤 영향을 주었는지에 관해 썼어요.

오프라 이제 평정을 되찾았나요?

사라 밴 브레스낙 어느 날은 더없이 평온합니다. 어느 날은 경제적으로 편안하게 느껴져요.

오프라 '내일은 내일의 태양이 뜬다'라는 제목의 이야기를 재미있게 읽었습니다. 그 말이 사실이니까요. 우리는 다시 일어날 수 있고 기회를 잡을 수 있습니다. 그 유명한 스칼렛 오하라의 대사가 말하는 건 이거죠. 사실 실수란 삶이 우리에게 다른 방향으로 가라고 알려주는 방법입니다. 우리는 다시 시도할 수 있습니다.

사라 밴 브레스낙 그래요. 영국에 있을 때 나는 운전을 하다가 찻길에서 벗어난 것 같은 기분을 느꼈죠. 그래서 모든 것을 뒤로하고 떠났지만 앞으로 무슨 일이 일어날지는 몰랐어요. 다만 "휴!" 하는 느낌이었죠. "휴, 살았다. 살았어."

평범한 삶은 당연한 게 아닙니다

CAROLINE MYSS

캐롤라인 미스 온전하게 현재에 존재하면서 지금의 삶이 주는 모든 것에 감사해야 합니다. 지금 상황이 어떻든 마찬가지입니다. 당신이 깊은 절망에 빠져 있다고 해도 감사해야 합니다. 그렇게 된 이유는 당신에게 속하지 않은 뭔가에 초점을 맞추고 살았고 당신의 길이 아닌 길을 걸어왔기 때문입니다. 그러지 않았다면 지금 이렇게 되지 않았을 겁니다. 당신에게 속하지 않은 뭔가에, 당신에게 속하지 않은 어떤 사람에게 집착했기 때문입니다. 지금 당신에게 속하지 않은 어제의 일을 떠나보내지 않았기 때문입니다. 당신에게 속하지 않은 분노에 매달려서 그것을 보내주지 않았던 것입니다. 방향을 잃고 헤매고 있었던 것입니다. 그러다가 무슨 일이 일어나면 "나에게 왜 이런 일이 일어난 거지?"라고 말하겠지요. 분명 그렇게 말할 겁니다. "이렇게 살 수는 없어. 나는 삶의 목적을 잃었어"라고요. 하지만 그렇지 않습니다. 목적을 잃은 게 아닙니다. 당신이 잃었다고 말하는 것은 일어나지 말아야 하는 어떤 일이 일어난 것이죠. 그동안 당신은 자신을 평범한 삶에서 배제된 사람처럼 생각하면서 살았던 것입니다. 우리는 평범한 삶을 당연시 여기곤 합니다. "신이여, 무엇이든 좋으니 제발 저를 평범하지 않은 사람으로 만들어주세요." 그러면서 평범해지면 안 된다고 느끼죠. 그러다가 질병, 가난, 그 밖의 다른 재앙이 닥치면 생각합니다. '내게 이런 일이 일어나다니 믿을 수가 없어.'

세상일이 마음대로 되지 않는다는 것을 배워야 합니다

LLEWELLYN VAUGHAN-LEE

오프라 당신은 영성 여행이 고통스럽다고 말하는군요.

루엘린 본-리 그래요, 고통스럽습니다. 겸손을 배워야 하고, 인내도 배워야 하니까요. 그리고 세상일이 우리 마음대로 되지 않는다는 것을 배워야 합니다. 그 모든 것이 고통스러운 교훈이죠. 인간은 그런 것을 쉽게 배우지 못합니다. 쉽게 배우고 싶지만 그럴 수가 없지요.

오프라 왜 그렇게 고통스러울까요?

루엘린 본-리 마음을 활짝 열어야 하니까요. 대부분의 사람들은 마음을 꽁꽁 닫고 웅크리고 있습니다. 그저 나, 나, 나에 대해서만 생각합니다.

오프라 그래서 자아를 십자가에 못 박아야 한다고 말씀하시는 건가요?

루엘린 본-리 십자가에 매달아야죠. 그러면 마음이 열립니다. 신은 말합니다. "나는 나에게 마음을 연 사람들과 함께한다."

오프라 그러니까, 자아를 십자가에 못 박음으로써 마음이 열린다는 것이군요. 세상일이 나를 중심으로 돌아가는 게 아니라는 사실을 알아야 한다는 것이죠?

루엘린 본-리 그래요, 맞아요.

오프라 그래서 당신은 신의 뜻에 따라 살기 시작한 거로군요. 계속해서 신을 어떻게 섬겨야 하는지를 묻고 또 물으면서요.

루엘린 본-리 그렇습니다.

오프라 이런 말을 하고 싶습니다. 신이 원하는 대로 우리가 그와 뜻을 같이하고 섬기는 삶을 산다면, 그 삶은 가장 즐겁고 가장 신나는 삶이 된다고요. 정말 울고 싶을 정도로 더없이 아름다운 삶을 살게 되지요.

루엘린 본-리 예, 그렇습니다. 더 많은 것을 바라지 말고, 남은 평생을 섬기면서 산다면 그럴 수 있습니다.

힘을 북돋우는 질문을 해야 절망에서 일어날 수 있습니다

MICHAEL BERNARD BECKWITH

마이클 버나드 벡위스 우리를 힘들게 하는 환경과 상황을 극복하는 유일한 방법은 내면으로 들어가는 것입니다. 우선 신의 현존과 섭리가 우리가 하는 질문에 답을 해줄 것이라는 사실을 인지하고 스스로 힘을 북돋우는 질문을 던지는 것으로 시작해보세요. 만일 당신을 힘들게 하는 일이 생기면 "내 삶에서 무엇이 나타나려고 하는가?", "나는 어떤 선물을 받을 것인가?", "나의 목적은 무엇인가?", "나는 지금 왜 이곳에 와 있는가?"라고 질문해보세요. "집세를 어떻게 내야 하지?"라는 질문은 하지 마세요. "어떻게 하면 이 고통을 사라지게 할까?"라는 질문은 하지 마세요. 우리 스스로 힘을 북돋우는 질문을 할 때 우주는 우리가 이해할 수 있는 언어와 방식으로 응답합니다. 그것은 자극, 직감, 암시, 신호, 상징, 꿈이 될 수도 있습니다. 그 답은 어떤 식으로든 각자의 영혼과 마음이 이해하는 언어로 올 것입니다. 문제는 사람들이 어려운 상황에 처하면 스스로 힘을 떨어뜨리는 질문을 한다는 것입니다. "내가 뭘 잘못했지?", "누구의 잘못이지?", "왜 하필 나지?" 이런 질문들은 우리의 사기를 떨어뜨립니다. 그러면 우주도 그에 맞는 응답을 합니다. 인간 경험의 데이터베이스를 모아서 우리가 잘못된 궤도에서 태어났다거나, 올바른 궤도에서 태어났다거나, 이런 일이 있었다거나 저런 일이 있었다고 알려줍니다. 우리에게 한 무더기의 변명거리를 줍니다. 그러나 우리 스스로 힘을 북돋우는 질문을 하면 절망에서 일어나게 해줄 답을 얻을 수 있습니다. 중요한 것은 진심에서 우러난 질문을 하는 것이고, 그다음으로 그 질문에 대한 답에 귀를 기울이는 능력과 의지를 갖추는 것입니다. 그러면 힘을 얻을 수 있습니다. 교도소에 갇혀 있든지, 상황에 갇혀 있든지, 과거에 매달리는 마음속 감옥에 갇혀 있든지, 다 마찬가지입니다. 진심에서 우러난 질문을 하면 우주가 대답을 할 것입니다. 우주는 그렇게 움직입니다. 그리고 우리가 가야 할 길은 사랑과 친절, 동정심과 봉사지요.

침대로 돌아가세요, 쉬고 나면 어떻게 해야 할지 알게 될 것입니다

ELIZABETH GILBERT

오프라 당신이 욕실에서 절망을 느낀 순간에 대해 말해주세요.

엘리자베스 길버트 그러죠. 나는 사실 어릴 때 기도를 해본 적이 없습니다. 우리 가족은 아주 보수적인 개신교 교회에 다녔는데, 거기선 기도를 하지 않았거든요. 그래서 무작정 기도를 시작했어요. 이렇게 생각했죠. '내가 듣기론 사람들이 절망에 빠지면 울면서 간혹 기도를 하기도 한다던데 나도 기도나 한번 해볼까?'라고요. 그러고 나서 솔직하게 말하기 시작했어요. 기도란 걸 어떻게 하는지는 몰랐지만 무조건 신에게 말했죠. "도와주세요. 어떻게 해야 할지 모르겠어요. 제발 제게 어떻게 하라고 말해주세요." 그때 내가 고민하던 건 결혼 생활을 계속할 것인가 말 것인가였습니다. 나는 기도하고 또 기도했지요. "제가 어떻게 해야 할지 말해주세요. 제가 어떻게 해야 할지 말해주세요. 제가 어떻게 해야 할지 말해주세요." 그리고 찰턴 헤스턴처럼 굵직한 목소리를 기다렸습니다. "그래, 머물러라.", "아니, 떠나거라" 하는 답을 기다렸죠. 하지만 그런 답은 들려오지 않았어요.

그러다가 어느 순간 갑자기 난생처음 느껴보는 정적 속으로 빠져들어 갔습니다. 신성하고 평화로운 고요함에 둘러싸였지요. 그리고 그 목소리를 들었어요. 그것은 내 목소리였지만 내게서 나오는 건 아니었죠. 그 목소리가 아주 분명하게 말했어요. "침대로 돌아가, 리즈." 그것이 그날 밤 신이 나에게 한 대답이었어요. 그 말은 "너는 오늘 밤, 화요일 새벽 4시에 어떻게 해야 할지 알 필요가 없어. 때가 되면 알게 될 거야. 지금은 잠을 자둬. 너는 휴식이 필요하고 힘이 필요하다. 침대로 가라. 내가 지켜보고 있을 테니 내일 다시 생각해보자." 그리고 매일 밤 그 목소리가 들렸지요. "침대로 돌아가라. 이제 곧 알게 될 것이다. 어떻게 할지 알게 되면 그렇게 해라. 변화를 시도해라."

그대로 두면
아픈 마음이 저절로 밀려 나옵니다

MICHAEL SINGER

마이클 싱어 우리는 몸이 아프기 시작하면 "시끄러워!"라고 야단을 치지 않습니다. 이렇게 말하죠. "뭔가가 잘못된 것 같아. 무슨 문제가 있는지 알아봐야겠어." 마음이 아픈 것도 마찬가지로 마음이 우리에게 무언가 잘못되었다고 알려주는 것입니다. 그러니까 그 문제를 밖으로 꺼내야 합니다. 어떻게 꺼내야 할까요? 마음을 편히 두고 그 문제가 알아서 밖으로 나오게 해야 합니다. 내 경험으로는 그렇습니다. 마음을 편하게 먹고 그대로 두면 그 문제가 저절로 올라와서 밖으로 밀려 나옵니다. 마치 우리 마음이 그 문제를 안에 품고 싶지 않았던 것처럼 말이죠. 그러고 나면 우리 내면에서 무언가가 문을 여는 것처럼 느껴지기 시작합니다. 그것을 영혼이라 부르든 뭐라고 부르든 어떤 힘이 뒤에서 우리를 받쳐주고 있다는 것을 느끼게 되지요. 가시가 있는 앞쪽이 아니라 뒤쪽에서 우리가 기댈 수 있도록 해주는 힘 말입니다.

우리는 진실을 말할 수 있어야 합니다

GLENNON DOYLE MELTON

글레넌 도일 멜턴 나는 평생 내 자신이 둘로 나뉘어진 느낌을 갖고 살았습니다. 나의 바깥쪽 부분은 항상 내가 말해야 한다고 알고 있는 것을 말합니다. "잘 지냅니다, 잘 지내요. 다 잘되고 있어요. 결혼 생활요? 깨가 쏟아지죠. 부모 역할요? 만족해요." 하지만 나의 안쪽 부분은 잔뜩 겁에 질리고 외로워하고 혼란스러워합니다. 나는 우리가 누구나 진실을 말하는 사람이라고 생각합니다. 우리는 진실을 말하도록 만들어졌다고 생각해요. 그런데 사실 여자들에게서는 진실을 듣기가 아주 어렵습니다. 남자들에게서는 진실을 듣기가 좀 더 쉽지요. 여자는 부정적 감정을 인정하지 않으려고 하기 때문에 말이 아닌 다른 방법으로 진실을 표현합니다. 그것은 위험한 방법이에요. 내 경우에는 그것이 음식과 술이었습니다. 나는 우리가 진실을 말할 수 있어야 한다고 생각해요.

우리는 우리 자신에 대해 진실을 말할 수 있어야 합니다. "나는 신용카드 사용에 문제가 있다", "나는 술이나 섹스나 불친절과 관련해 문제가 있다" 등등. 둘로 나뉜 우리 자신을 통합하고 우리 내면에서 일어나는 이야기를 진실하게 말할 수 있다면 아주 강력한 힘을 가질 수 있습니다.

분노는 두려움의 표현입니다

IYANLA VANZANT

이얀라 반젠트 두려움에는 네 가지 종류가 있습니다.

첫째는 누군가에게 사랑을 받지 못하거나 거부당하는 것에 대한 두려움이죠. 인간의 마음은 이것을 견디지 못합니다.

둘째는 무력해지는 것에 대한 두려움, 그리하여 존재가 불안해지고 안전하지 못하게 되는 것에 대한 두려움입니다.

셋째는 중독입니다. 우리가 가장 많이 중독되는 것은 초콜릿이 아닙니다. 통제 욕구입니다. 따라서 이 두려움은 통제력을 잃는 것이죠. 자신에 대한 통제력, 타인에 대한 통제력, 어떤 일이 어떻게 일어날지 예측할 수 없고, 그 일이 일어났을 때 완전히 무너져버릴 것 같은 두려움입니다.

넷째는 쓸모없고 무가치하고 불필요한 존재로 보이는 것에 대한 두려움입니다.

분노는 이런 두려움의 표현입니다. 사랑을 거부당하거나 잃어버리는 것에 대한 두려움, 무기력하고 구제불능이고 함부로 해도 되는 사람처럼 보이는 것에 대한 두려움 말입니다 우리의 자아는 취약한 상황을 견디지 못합니다. 그래서 나약해 보이지 않기 위해 통제력을 유지하려고 하죠. 다른 사람이 하는 일이나 일하는 방법을 통제하지 못하면 두려움이 생깁니다. 그리고 그 두려움으로 인해 화를 내게 됩니다.

이제 우리는 분노에 대해 다음과 같은 것을 알아두어야 합니다. 우리가 화를 내는 이유는 우리가 생각하는 것과 다릅니다. 우리는 원래 화를 지니고 태어나지 않습니다. 그런데 언젠가 무슨 일이 일어나서 무기력하고 구제불능이고 나약하고 불안한 상태가 되었고 그런 경험이 어떤 인상을 갖게 만들어 영혼에 각인된 것입니다. 그래서 언제 무슨 일을 겪든 그 인상을 연상시키는 비슷한 상황이 되거나, 비슷한 소리를 듣거나, 비슷한 냄새를 맡으면 우리 안에서 그 인상이 되살아나면서 분노가 일어납니다. 우리는 야유를 받으면 화가 난다고 생각하지만, 그렇지 않습니다. 야유는 기폭장치일 뿐입니다. 우리 마음속 깊은 곳에서 뭔가가 해결되지 않고 있다는 것을 상기시키는 것이죠.

분노의 바로 아래쪽에는 상처의 우물이 있습니다. 우리가 화를 내는 이유는 통제하기를 원하기 때문입니다. 상처받기를 두려워하기 때문입니다. 상처 바로 밑에 사랑이 있기 때문입니다.

그럴 때는 이렇게 해보세요. 두 팔을 양옆으로 축 늘어뜨립니다. 그리고 두뇌와의 연결을 끊습니다. 눈을 감고, 심호흡을 합니다. 그런다고 죽지는 않습니다. 그리고 마음속 상처를 앞으로 불러냅니다. 앞으로 나오게 합니다. 그리고 진실한 감정 속으로 들어가보세요. 거기에 닿아야 합니다. 상처받은 마음속으로 들어가 진실을 마주하십시오.

내 안의 무엇이 나를 자극하는지 스스로 질문해보세요

Dr. SHEFALI TSABARY

셰팔리 차바리 박사 자녀와 갈등이 있거나 말다툼을 할 때, 아이가 눈을 흘기는 것을 볼 때, 우리는 자아에 지배되고 힘을 행사하고 독단적이고 권위적이 될 수 있습니다. 그러지 않고 우리 내면을 들여다보고 내 안에 있는 무엇이 나를 자극하는지 물어볼 수도 있지요. "나는 왜 이렇게 감정을 주체하지 못하지? 이 지배욕은 어디서 오는 걸까?" 우리 내면에 거울을 비추고 스스로 질문해보세요. "나의 무엇이 지금 우리 아이를 못마땅하게 생각할까? 내게 무슨 문제가 있는 걸까? 나는 어린 시절 어떤 아이였을까? 엄마로서 부족한 어떤 면을 우리 아이에게 투사하고 있는 걸까?"

스스로 부족하다고 느끼는 마음을 들여다보세요

PEMA CHÖDRÖN

페마 초드론 더 나은 사람이 되겠다는 것은 지금과는 다른 사람이 되겠다는 것을 뜻합니다. 대신 이렇게 생각해보면 어떨까요. 지금 나에게는 아무런 문제가 없고 지금까지 잘못한 것도 없지만 스스로를 부족하다고 느끼게 하는 것들이 있다고 생각하는 것입니다. 그래서 그것들을 들여다보고 그 실체를 분명히 파악하는 것입니다. 우리가 느끼는 분노에 대해 알아봅시다. 우리가 느끼는 두려움에 대해 알아봅시다. 우리가 느끼는 원망에 대해 알아봅시다. 그것에 대해 알고, 그것이 우리 자신에 대해 하는 말을 들어봅시다. 그러고 나서 그런 부정적 독백을 떠나보내는 것입니다. 그러면 그 아래 있는 것이 드러납니다. 마치 태양이 항상 빛나고 있었지만 구름에 가려서 보이지 않았던 것처럼 말이죠.

받아들임은 정말 강력하고 중요한 능력입니다

CHERYL STRAYED

오프라 그 종주 여행에서 배운 교훈을 한마디로 표현하면 뭐라고 할 수 있을까요?

셰릴 스트레이드 받아들임입니다. 시간, 남은 거리, 여름, 내 인생, 모든 것을 있는 그대로 받아들이는 거죠. 그렇게 할 수만 있다면 다른 것은 대수롭지 않다는 것을 거듭해서 확인했습니다. 그 생각이 나를 앞으로 나아가게 했죠. 그다음에 무슨 일이 일어날지는 모릅니다. 받아들일 수 있다는 건 정말 강력하고 중요한 능력이라고 생각합니다. 우리 모두 고통을 받습니다. 우리 모두 가슴 아픈 일을 겪습니다. 힘든 일을 겪는 것은 우리 인생의 일부입니다. 그 여행에서 내가 받아들이고 직면하는 법을 배운 것은 정말 큰 의미가 있었습니다. 그 여름의 여행은 겸손에 대해 크게 깨우쳐주었어요. 우리는 어떤 어려움 속에서도 말 그대로 계속해서 묵묵히 걸어가야 한다는 것을요.

어느 상황에서나,
어떤 도전이 있어도, 우리는 지금 이 순간에
존재하는 상태로 들어갈 수 있다.
어떻게 하면 그런 상태로 들어가는가?
멈추는 것이다. 어떤 도전을 마주해도
일단 멈추자. 몇 차례 심호흡을 하자.
몸 구석구석으로 미소를 보내라.
몸 안에서, 마음 안에서, 무슨 일이 일어나는지
관찰하고 나서, 그다음에 자비와
동정심을 지니고 앞으로 나아가라.
멈춤Stop의 S는 멈추는 것이고,
T는 세 번 심호흡을 하는 것이고,
O는 관찰하는 것이고, P는 친절함과 기쁨,
사랑의 마음을 품고 앞으로 나아가는 것이다.
이것이 지금 여기에 존재하는 상태다.
이것은 가장 높은 수준의 인간 지성이다.

— 디팩 초프라

일단 털어놓기 시작하면 과거를 떠나보낼 수 있습니다

ADYASHANTI

아디야샨티 우리는 시련을 통해 심오하고 의미 있고 변화할 수 있는 힘을 얻을 수 있다는 사실을 배우는 게 아닙니다. 누군가에게서 그런 이야기를 들을 수는 있겠지만요. 그렇다면 어떻게 해야 할까요? 고통을 당할 때 어떻게 할까요? 속수무책이라고 느낄 때 어떻게 해야 할까요? 고통스러운 삶 속에 또 하나의 고통스러운 사건으로 남지 않도록 그 경험을 통해 변화하려면 어떻게 해야 할까요?

가장 먼저 해야 할 일은 무조건적으로 그 경험에 마음을 여는 것입니다. 그리고 책임을 져야 하죠. "어쩌다가 내가 이 지경이 되었을까? 내가 여기 오게 된 이유는 무엇인가?", "내가 이렇게 된 것에 대한 책임이 전적으로 다른 사람에게 있다면?", "그렇다고 해도 어쩔 수 없어. 나는 끝났어. 희망이 없어. 다른 사람에게 책임 있다 한들 이미 일어난 일을 돌이킬 수는 없어. 나는 망했어. 희망이 없어." 이런 생각이 드는 순간 우리가 경험하는 방식에 영향을 줄 수 있는 어떤 연결 고리가 있습니다.

우리에게는 털어놓고 싶지 않은 이야기들이 있습니다. 하지만 일단 털어놓기 시작하면 해방감을 느낄 수 있죠. 행복으로 가는 열쇠가 더 이상 과거 속 다른 사람의 주머니에 있지 않기 때문입니다. 그 열쇠는 우리 손안에 있습니다. 그리고 이렇게 느끼면 힘이 생깁니다.

나는 과거에 끔찍하게 힘든 경험을 한 사람들을 알고 있습니다. 그들은 충격적이고 폭력적인 경험에서 벗어나지 못하고 괴로워합니다. "어째서 나는 그 충격에 계속 시달리고 있는 걸까? 왜 나 자신을 괴롭히고 있을까? 왜 계속 고통을 당하고 있을까? 누구를 탓하고 싶지도 않고, 과거는 이미 지나갔는데 왜 계속 고통을 받는 걸까? 대체 왜 이러지? 무슨 일이 일어나고 있는 거지?"

한 인간으로서 나에게는 과거가 있습니다. 그러나 영적 존재로서 나에게는 과거가 없습니다. 영원은 과거를 모릅니다. 영원에는 시간이 없습니다. 우리가 온전히 현재에 있을 때는, 지금이 바로 영원입니다. 그 순간에는, 그 순간이 얼마나 오래 지속되든지 간에, 어제도 없고 10년 전도 없습니다. 1분 전도 없습니다. 모든 것이 사라집니다. 지금 이 순간이 전부가 되는 것입니다.

〈슈퍼 소울 선데이〉에서
배우는 가장 귀중한 교훈은
감사하라는 것이다.
감사는 그 자체의 에너지장을 갖고 있다.
우리가 가진 것에 감사할 때
더 많은 것이 주어지고
삶을 경험하는 방식이 달라진다.
은총은 변화를 가져다준다.
더 많이 감사할수록
그만큼 더 많은 은총을 받는다.

—Oprah

8장

은총과 감사

GRACE AND GRATITUDE

내가 사라 밴 브레스낙의 『혼자 사는 즐거움』을 처음 읽고 감사 일기를 쓰기 시작한 지 20년이 되었다. 돌이켜보니 내가 지금까지 가장 잘한 일 중에 하나가 아닌가 싶다.

나는 열다섯 살 때부터 일기를 썼다. 감사에 초점을 맞추기 전에는 엉터리 시를 끄적이거나 체중이나 남자 이야기, 남들이 나를 어떻게 생각할지에 대한 걱정을 늘어놓는 게 전부였다. 하지만 매일 다섯 가지 감사할 것을 쓰기 시작한 이후로 내 삶이 얼마나 변했는지는 말로 다 할 수 없다. 대수롭지 않은 일처럼 들리겠지만, 감사 목록에 무엇을 적을지 생각하면서 하루를 보내다 보면 세상을 바라보는 시각이 완전히 달라진다.

스스로 알지 못하는 사이에, 감사는 우리 내면에서 영적 차원의 삶이 흐를 수 있게 하는 새로운 경로를 열어놓는다. 감사의 공간 속에서 우리의 진정한 자기가 성장할 때 우리는 자신도 모르게 더욱 활력을 느끼고 주변의 아름다움을 받아들이게 된다. 또 더 멀리 초점을 맞추게 되면서 더 많은 감사를 느끼고 더 많은 축복을 받게 된다.

그 모든 좋은 일이 단지 우리가 아침, 태양, 완벽한 장미, 또는 나를 위해 문을 열고 기다리는 무언가를 충분히 오랫동안 조용히 바라보는 것만으로도 가능해진다고 상상해보자.

사실 항상 감사하는 마음을 지니기는 어렵다는 것을 잘 안다. 하지만 그동안 내가 배운 것은 감사를 느낄 수 없을 때에야말로 감사가 우리에게 주는 균형 감각이 가장 필요하다는 사실이다.

내 영혼의 자매이자 어머니와 같은 존재, 멘토이자 친구이기도 한 마야 안젤루 박사는 내게 감사의 진정한 목적을 가르쳐주었다. 몇 해 전 그녀를 방문했을 때 나는 어떤 사람 때문에 눈물을 흘렸다. 그녀는 울먹이는 나를 다독이며 말했다. "지금 당장 울음을 멈추고 감사하다고 말해봐요."

나는 어리둥절해서 물었다. "왜요?" 그녀는 특유의 깊고 현명한 목소리로 대답했다. "신은 어떤 구름에나 무지개를 비추니까요. 무지개가 오고 있어요. 무지개가 보이지 않더라도 감사하다고 말하세요. 이미 거기 와 있답니다."

〈슈퍼 소울 선데이〉에서 나와 함께해준 훌륭한 스승들은 감사를 할 때 어떻게 우리 삶이 은총을 받게 되는지 가르쳐주었다. 이 장에 실린 그들의 가르침을 읽다 보면 우리 삶에서 감사의 연장선상에 은총이 있다는 사실을 깨닫게 될 것이다.

오늘 나는 내가 숨을 쉬게 해주는 나의 폐와 이처럼 아름다운 지구 구석구석까지 갈 수 있게 해주는 나의 몸, 그리고 내가 연결되어 있는 모든 것의 근원인 삼라만상에 감사한다.

독일의 신비주의자 에크하르트 톨레는 언젠가 이렇게 강조했다. "평생 감사의 기도만 해도, 그것으로 충분합니다."

— *Oprah*

은총을 받을 때 어떤 느낌인지
아는 것이 중요하다.
은총을 받으면 돌연 신의 선의에
압도되는 것을 느낀다.
은총을 받기 위해 어떤 자격을 갖출 필요는 없다.
은총은 그저 신이 우리에게 주는 것이다.
신은 우리를 사랑하기 때문이다.
그것이 은총이다.
은총을 앞질러 가려고 하지 않고
뒤따라 가면서 모든 것을 설명한다면
은총은 우리를 화해의 지점으로 안내할 것이다.
그곳에서는 우리의 이성과 마음,
영혼, 지성, 신조, 영성이 모두 조화를 이룬다.
은총을 따라가면 이러한
화해의 지점에 도달한다.

— 에드 베이컨 목사

파도의 골짜기로 내려가
아무것도 보이지 않아도
지평선은 늘 그곳에 있습니다

MARK NEPO

마크 네포 나는 그동안 살면서 겪은 뼈아픈 고통에 대해 신께 감사하는 글을 썼습니다. 하지만 고통을 겪고 있는 동안에는 감사할 수 없었어요. 아주 인간적인 반응이었지요. 가족이나 친구와의 문제, 생활 형편 때문에 고통을 겪는 것은 견디기 힘듭니다. 얼마 전에는 병이 나서 배가 무척 아팠어요. 물론 감사할 수 없었죠. 복통이 사라지기만 바랐어요. 하지만 그럴 때라도 좀 더 멀리 보려고 노력하면 감사를 할 수 있습니다. 이런 상상을 해봅시다. 바다에서 뗏목에 몸을 싣고 있는데 엄청난 파도가 밀려옵니다. 파도의 꼭대기로 올라가면 세상 끝까지 다 볼 수 있지요. 파도의 골짜기로 내려갈 때는 아무것도 보이지 않습니다. 우리가 말하는 감사는 파도의 골짜기로 내려갔을 때 파도에 휩쓸려 갈 수 있다는 사실을 부정하는 게 아니라 그 순간 우리 눈에 보이지는 않아도 지평선이 있다는 사실을 기억하는 것입니다.

기대를 감사로 바꾸어보세요,
그 순간에 삶 전체가 변화합니다

TONY ROBBINS

토니 로빈스 변화하기 위해서는 많은 노력이 필요합니다. 그래서 고통을 겪지 않을 때, 사랑이나 창조성, 감사와 열정이 넘칠 때, 우리는 변화해야 합니다. 작년에 나는 감사하며 살자고 결심했습니다. 그 후로 내 삶이 많이 달라졌습니다. 항상 즐겁게 살고 있습니다. 항상 감사하고 있습니다. 힘든 일이 있어도 감사하게 생각합니다. 이런 생각을 했습니다. 지금 이 순간이 즐겁지 못하다면, 점심을 먹고 당신과 대화를 하고 숲속을 거니는 지금 이 순간에 기쁨을 느끼지 못한다면, 더 많은 사람들을 돕고 다른 사람의 인생을 변화시키고 사업을 확장하는 게 무슨 소용이 있느냐는 거였죠. 그런 것들이 나를 더 행복하게 해주지는 않습니다. 그래서 내 목표는 즐거움을 발견하는 것입니다. 그런데 고통을 겪고 있을 때는 즐거울 수 없습니다. 따라서 무엇보다 먼저 감사하는 법을 배워야 합니다.

오프라 이 순간, 지금 여기서 말이죠.

토니 로빈스 어느 것에라도 감사할 수 있습니다. 불어오는 바람에 감사하고, 타인의 시선에도 감사할 수 있습니다. 무엇이든 감사할 수 있습니다. 감사하는 순간 우리 자신에게서 벗어납니다. 집착을 멈추게 됩니다. 나는 항상 사람들에게 괴로움의 대부분은 기대에서 비롯된다고 말합니다. 안 그런가요? 기대를 감사로 바꾸어보세요. 그 순간에 삶 전체가 변화합니다. 그 순간 고통은 끝납니다. 하지만 알다시피, 사람들은 어떻게 살아야겠다는 청사진을 갖고 있지요. 그 청사진에 맞는 삶을 살게 된 사람들에게 나는 이렇게 물어보곤 합니다. "이제 정말 행복하겠군요. 얼마나 행복하시죠?"

그러면 그들은 말합니다. "글쎄요, 행복한 일이 그렇게 많지는 않아요."

"한 가지만이라도 말씀해주세요." 그러면 이런 답이 나옵니다. "우리 아이들 덕분에 행복합니다." 아니면 이렇게 답하기도 하죠. "신과 관계를 맺게 되어 행복합니다."

내가 다시 묻습니다. "그 이유는요?"

그러면 그들은 말합니다. "우리 아이들이 내가 바라는 대로 크고 있으니까요."

우리는 청사진에 부합하는 삶을 살면 행복을 느낍니다. 그러지 못하면 고통을 느낍니다. 청사진에 못 미치는 삶을 살고 있는데 그런 삶을 변화시킬 힘이 없다고 느끼면 불행하죠. 그래서 영혼에 암흑이 드리워집니다. 무기력해집니다. 자기기만에 빠지면 누군가에게 책임을 돌리기도 합니다. 대부분의 사람들이 그렇죠. 환경을 탓하거나 다른 사람을 탓하거나 자기 자신을 탓합니다. 하지만 책임을 전가하는 것으로는 아무것도 변화시킬 수 없죠. 우리 스스로 삶을 변화시켜야 합니다. 뭔가를 해야 합니다. 아니면 청사진을 바꿔야겠죠.

진짜는 바로 지금 이 순간입니다

RAM DASS

오프라 뇌졸중이 오고 나서 좌절감을 느낀 적이 있나요?

람 다스 아니요, 다만 삶에서 새로운 단계에 접어들었다고 느꼈어요.

오프라 뇌졸중이 온 이후로 영적인 삶이 어떤 의미인지 이해하게 되었다고 하셨죠?

람 다스 그렇습니다. 고통은 은총입니다. 뇌졸중 자체가 은총은 아니지만, 영적인 삶은 지금 이 순간을 사는 것입니다. 과거나 미래가 아닌, 지금 여기서 우리는 신을 볼 수 있습니다. 과거와 미래는 단지 생각일 뿐입니다. 진짜는 바로 지금 이 순간입니다.

오프라 지금 이 순간이 신이 살고 있는 곳입니다. 바로 그 고요 속에 신이 계시는 것이죠.

람 다스 그렇습니다. 지금 이 순간에 신이 살고 있습니다. 멋지죠.

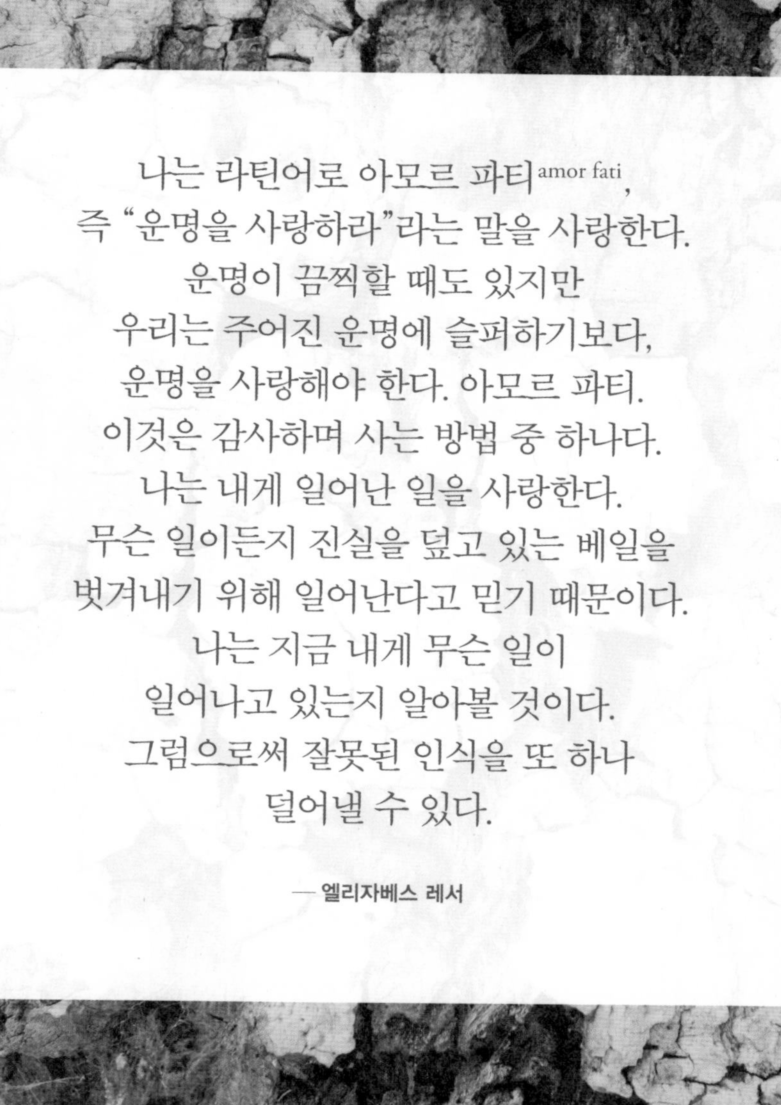

나는 라틴어로 아모르 파티 amor fati,
즉 "운명을 사랑하라"라는 말을 사랑한다.
운명이 끔찍할 때도 있지만
우리는 주어진 운명에 슬퍼하기보다,
운명을 사랑해야 한다. 아모르 파티.
이것은 감사하며 사는 방법 중 하나다.
나는 내게 일어난 일을 사랑한다.
무슨 일이든지 진실을 덮고 있는 베일을
벗겨내기 위해 일어난다고 믿기 때문이다.
나는 지금 내게 무슨 일이
일어나고 있는지 알아볼 것이다.
그럼으로써 잘못된 인식을 또 하나
덜어낼 수 있다.

— 엘리자베스 레서

마음을 고백할 용기를 내면 그 결정이 결국 옳은 결정이 됩니다

CHERYL STRAYED

오프라 글로 쓸 수 있든 없든, 누구나 마음속에 말하고 싶은 진실을 갖고 있다는 것이지요?

셰릴 스트레이드 그렇습니다. 아시다시피 저는 글 쓰는 일을 하고 있지만 한 인간으로 살아가기도 합니다. 자신을 솔직하게 보여줄 용기를 낼 때마다 우리는 다소 불편함을 감수해야 합니다. 남들에게 이상한 사람으로 보일 수 있으니까요.

오프라 그래요, 큰 모험이죠. 용기를 내서 고백을 하는 것이니까요.

셰릴 스트레이드 그렇습니다. 사생활과 거부, 실패를 감수하는 용기를 내는 것입니다. 그리고 그렇게 할 때 최고의 결과가 나옵니다.

오프라 그 모든 것을 감수할 때 진정으로 인간적이 되기 때문입니다.

셰릴 스트레이드 그래요. 그리고 어렵사리 배운 교훈은 절대 잊지 않죠. 우리의 속마음을 고백할 용기를 내면 결국 우리에게 옳은 결정이 됩니다. 때로는 결과가 좋지 않을 수도 있지만 거기서도 배우는 게 있습니다. 그리고 삶은 계속됩니다. 힘든 시간들이 있지만 또 항상 변하지 않는 것도 있습니다. 해는 매일 뜨고 집니다. 따라서 모든 것은 우리가 하기에 달려 있습니다. 하고 싶은 것이 있으면 하십시오. 우리에게 필요한 것은 균형 감각과 감사하는 마음입니다. 이 두 가지가 행복한 삶을 위한 열쇠입니다.

감사와 두려움은 같이 지낼 수 없습니다

PAUL WILLIAMS & TRACEY JACKSON

트레이시 잭슨 감사하는 마음을 지니면 두려움이 끼어들 자리가 없습니다. 문제는 두려움이 뒤에서 우리를 꽉 붙잡고 있는 것이죠. 그런 두려움 때문에 우리는 나쁜 행동을 하고 잘못된 선택을 하게 됩니다. 또한 감사는 두려움과 같이 지낼 수 없습니다. 사랑이 두려움과 같이 있을 수 없는 것과 마찬가지입니다. 따라서 우리가 감사를 하면 사랑의 장소로 옮겨 가게 됩니다. 그리고 믿음은 영혼입니다. 믿음은 신입니다.

폴 윌리엄스 믿음은 좋은 친구죠.

트레이시 잭슨 믿음은 이곳에 우리 자신보다 큰 힘이 작용하고 있다는 것을 아는 것입니다. 이것만 믿으면 모든 게 해결됩니다.

폴 윌리엄스 그렇습니다. 나는 좋든 나쁘든 지금까지 살면서 있었던 모든 일에 감사합니다. 감사하면서 사십시오. 자동차 사고가 났는데 아무도 다치지 않은 것에 감사하세요. 누가 다쳤다면 그가 죽지 않은 것에 감사하세요. 누가 죽었다면 그를 알고 지낼 수 있었던 것에 감사하세요. 감사할 것은 얼마든지 있고 감사는 누구나 할 수 있습니다. 감사를 마음에 넣어두고 마음껏 쓰세요.

살면서 감사할 일이 뭐가 있는지 살펴보자.
감사의 렌즈를 통해 세상을 바라보면
장애물이나 방해물은 그다지 많이 보이지 않는다.
대신 잠재력과 가능성이 보인다.
차 문을 열고 당신의 영적인 부분에서
오는 더 많은 영감과 더 많은 지혜,
더 많은 지침을 싣고 가자.

— 마이클 버나드 벡위스

나이가 들수록
내 몸에 고마움을 느끼게 됩니다

GENEEN ROTH

지닌 로스 우리는 우리 몸을 위해서 음식을 먹습니다. 그런데 나는 오랫동안 그러지 않았지요. 위로받기 위해 먹었어요. 슬퍼서 먹고, 외로워서 먹었습니다. 속상해서, 수치스러워서, 사랑받지 못해서 먹었어요. 그러면서 내 입으로 들어가는 음식이 위안과 애정을 갈구하고 외로움과 공허함을 채우기 위한 것이라는 사실을 알지 못했어요. 내게 몸이 있다는 것에 감사할 생각은 전혀 없었죠. 내 팔과 다리, 심장과 허파는 그 나이가 될 때까지 힘들게 나를 지탱하고 다녔습니다. 그런데 나는 그런 몸에게 어떻게 했을까요? 그저 이렇게 말했을 뿐이지요. "나는 지금 외로워. 너는 이거나 먹어." 감사할 줄 몰랐어요. "고마워, 내 몸아"라고 말하지 않았죠.

오프라 나도 많이 생각해보았는데요, 확실히 우리는 나이가 들수록 자기 자신과 삶에 대해 더 많은 생각을 하게 됩니다. 그래서 '와, 내 심장이 예순두 해 동안이나 펌프질을 했구나' 하고 놀라죠. 병원에 가서는 이렇게 말합니다. '힘내라. 심장아. 계속해서 뛰어라.' 그렇습니다. 정말 대단해요.

지닌 로스 대단하죠. 그런데 사람들은 그런 생각을 하지 않죠.

오프라 우리가 살아 있는 동안 심장은 계속 뛰고 있습니다.

지닌 로스 누가 시키지 않아도 말입니다.

오프라 누가 시키지 않아도 알아서 하루에 수천 번씩 뛰고 있죠.

되돌릴 수 없는 말을 참으면 분노의 순간에서 벗어날 수 있습니다

CAROLINE MYSS

캐롤라인 미스 누군가와 논쟁하다가 너무 화가 났을 때 이런 생각이 들 수 있습니다. '이러다가 하지 말아야 할 말을 할 것 같다.' 그때 갑자기 어디선가 이렇게 말하는 목소리가 들립니다. "너 정말 그런 말을 하고 싶어? 그 말을 하고 나면 되돌릴 수 없어." 이것이 은총입니다.

그 은총은 우리에게 들어와서 이렇게 말합니다. "한번 내뱉은 말은 다시 주워 담을 수 없어. 나는 지금 네가 파괴적인 일을 하지 않도록 보호하는 거야." 이것이 은총입니다. 은총은 우리 마음속에 들어와서 말합니다. "너는 괜찮을 거야." 그러고는 사라지죠. 은총은 또 이렇게 말합니다. "잠시 그 사람에게 손을 얹어봐." 그러면 어떤 에너지가 우리 몸을 흐르는 것이 느껴지면서 마음이 차분해집니다. 은총은 어떤 설명도 하지 않습니다. 걱정에 휘말릴 때 이렇게 생각해보십시오. '나는 괜찮아질까?' 그러면 갑자기 알게 됩니다. '그럼, 그럼. 너는 괜찮을 거야.' 은총은 우리 안에 들어와 그 순간을 더 나은 뭔가로 변화시키는 힘입니다.

평범한 날이라도 일상의 소중함에 감사하는 것이 중요합니다

GRETCHEN RUBIN

오프라 행복해질수록 영적으로 보다 충만하고 연결된 사람이 될 수 있나요?

그레천 루빈 백 퍼센트 그렇습니다. 나는 세상에서 가장 정신없이 사는 사람이었지요. 그런데 감사하는 마음을 연습하면서 보다 더 영적인 삶과 연결될 수 있었어요.

오프라 행복과 마음챙김을 중심으로 하는 생활이 당신에게 깨어 있음과 만족감, 감사하는 마음을 가져다주고 있는 것 같습니다. 당신은 감사의 공간에서 살고 있군요.

그레천 루빈 맞습니다. 감사하는 마음, 평범한 날이라도 일상의 소중함을 이해하고 감사하는 것이 아주 중요합니다. 그렇게 감사하는 마음을 지니면 감정, 원한, 분노, 슬픔, 불만 같은 부정적인 감정들이 씻겨 내려갑니다. 지금 가진 것에 감사하기 때문이죠. 또한 유머감각이 좋아집니다. 감사하는 마음이 균형감각을 유지할 수 있게 하기 때문에 유머감각이 생기는 거죠.

매일 아침 눈을 떠
세 가지 감사의 말을 해보세요

SHAWN ACHOR

숀 아처 매일 아침 눈을 떠 세 가지에 대해 감사하다는 말을 하고, 매일 내용을 달리해서 감사의 말을 21일 동안 계속하면 비관론자도 낙관론자로 변한다고 합니다. 대수롭지 않은 것처럼 들릴 수도 있겠지만, 한 가지 더 놀라운 점이 있습니다. 평생 비관론자로 살아온 여든네 살의 남자에게도 같은 현상이 일어났다는 것이죠. 여든네 살의 남자가 모두 비관론자는 아니므로 우리는 몇 사람을 찾아냈습니다. 그 결과 80년 동안 비관론자로 살았고 심지어는 유전적으로 비관적인 성향을 갖고 태어났다고 해도 21일 동안 이 과정을 거치면 같은 결과가 나온다는 것을 알게 되었습니다. 나 자신도 이 연구를 하기 전에는 하루에 2분 동안 하는 일이 우리의 유전자와 경험을 이길 수 있다는 걸 상상조차 하지 못했어요. 상투적인 조언으로 들리겠지만 실제로 감사하는 마음은 인간의 성격 구조까지 바꿀 수 있습니다.

열정은 근육처럼 많이 쓸수록 강해집니다

MARIE FORLEO

마리 폴레오 많은 사람들이 자신의 열정을 발견하려면 외부에서 찾아야 한다고 생각합니다. 그러나 반대로 나는 우리의 열정을 발견하려면 우리가 하는 모든 일에 열정을 기울이는 것부터 시작해야 한다고 생각합니다. 모든 일에서, 어떤 과제가 주어지든 최선의 노력과 에너지를 쏟아부어야 합니다. 침구를 정돈하거나, 이를 닦거나, 고양이집을 청소하거나, 무엇을 하든지 정말 그 일을 하고 싶어서 하는 것처럼 해야 합니다. 이 한 가지 습관이 모든 것을 변화시킬 수 있습니다. 우리 인간은 습관의 동물이니까요. 하루의 90퍼센트의 시간 동안 불평을 하고 불만에 젖어 살면서 나머지 10퍼센트의 시간에만 열정적이 될 수는 없습니다. 모든 일에 책임을 다하고자 하는 의지가 필요해요. 대부분의 사람들은 열정이 내면 작업이라는 것을 알지 못합니다. 열정은 근육처럼 많이 쓸수록 더 강해집니다.

부wealth라는 말의 어원은 웰빙well-being입니다

LYNNE TWIST

오프라 우리가 돈과 어떤 관계를 맺고 있는지 생각해보고 그 관계를 영적 수행이라고 여기면 우리 생활의 모든 측면이 온전하고 충만해진다고 하셨는데요. 하지만 "우리 모두 돈과 나의 관계를 생각해봅시다"라고 말하면 사람들은 돈이 없다는 말부터 할 것 같군요.

린 트위스트 맞아요. "돈 좀 주세요"라는 말로 시작하겠죠.

오프라 오늘 우리 대화가 끝나고 나면 사람들이 "나와 돈은 어떤 관계에 있는가?"라는 문제를 진지하게 생각해볼 것 같습니다. 우리 자신에게 어떤 질문을 해야 할까요?

린 트위스트 우리가 우주로부터 많은 베품과 축복을 받았다는 것을 인정하고 감사하고 있는지 돌아볼 필요가 있습니다. "오늘은 무엇에 감사할까? 오늘은 어떤 일을 축하할 것인가?"라고요. 그러지 않고 아침에 눈을 떴을 때 "잠을 충분히 자지 못했어"라고 한다든가 저녁에 잠자리에 들 때 "오늘 해야 할 일을 충분히 못 했어"라고 한다면 하루를 결핍으로 시작해서 결핍으로 끝내게 되겠지요.

오프라 그렇죠. 우리가 하루에 얼마나 여러 번 "충분하지 않다"라고 말하는지 생각해보는 게 좋겠군요. 단지 돈 문제가 아니더라도 하루에 "부족해"라는 말을 몇 번이나 하는지 말이에요.

린 트위스트 반면에 아침에 일어나서 달콤하고 고요한 숙면의 시간을 보낸 것에 감사한다면 어떨까요?

오프라 오, 멋져요. "달콤하고 고요한 숙면의 시간"에 감사하라. 계속하세요.

린 트위스트 우리는 아침마다 감사하는 마음으로 일어날 수 있습니다. 우리 자신에게 그렇게 하라고 말하면 됩니다. 우리의 마음은 아주 순종적이죠. 설령 네 시간만 잤다 해도 달콤하고 고요한 숙면을 취할 수 있습니다. 거기에 감사하세요. 하루를 마감할 때도 마찬가지입니다. 오늘 다 하지 못해서 내일로 넘겨야 하는 일을 생각하지 마십시오. 그런 일은 거의 매일 있기 마련이죠. 오늘 끝낸 일을 생각하세요. 오늘 감사할 일을 생각하세요. 하루하루는 커다란 축복입니다. 내게는 훌륭한 선생님이 한 분 계십니다. 데이비드 슈타인들-라스트 수사님입니다. 베네딕트 교단의 훌륭한 수도사이고 감사하는 삶의 아이콘이지요. 그가 말하기를 감사하기는 삶의 충만함을 경험하는 것이라고 했습니다. 삶에서 모든 것을 충만하게 경험하면 삶의 그릇이 가득 차서 흘러넘칠 지경이 됩니다. 찰랑거리지만 넘치지는 않습니다. 그러면 신과 하나가 되고, 우주와 하나가 되고, 삶의 충만함 속에 서 있게 됩니다. 그 충만함은 아주 강력해서 삶의 그릇 속으로 흘러 들어와 샘이 됩니다. 그리고 우리가 신에게 감사하는 마음이 일어날 때 그 삶의 그릇은 흘러넘칩니다. 그래서 주고 베풀고 봉사하고 기여하게 되지요. 우리는 큰 성취감을 안고 충만한 마음으로 다시 생활 속으로 돌아가게 됩니다.

우리는 이와 같은 순환 속에서 살 수 있습니다. 경제 사정과는 관계없이 감사하는 삶을 살 수 있습니다. 참되고 자연스러운 풍요로 넘쳐흐르는 충분함 속에서 있는 사람은 진정으로 의미 있는 삶을 살게 됩니다. 그 사람 주변에 있는 사람들은 인정과 관심을 받는다고 느낍니다. 자신들의 이야기를 들어준다고 느낍니다. 사랑받고 있다고 느낍니다. 존경과 존중을 받는다고 느낍니다. 그리고 그런 삶이야말로 번영의 원천입니다. 진정한 번영의 원천입니다.

부wealth 라는 말의 어원은 웰빙well-being 입니다. 우리는 누구나 마르지 않는 존재의 우물을 갖고 있습니다. 그것이 부의 원천이자 진정한 부입니다.

자연은 가장 위대한 영적 스승입니다

LOUIE SCHWARTZBERG

루이 슈와츠버그 자연과 아름다움을 주제로 TED 강연을 한 적이 있습니다. 그 동영상은 한동안 거기 걸려 있다가 어느 순간 입소문을 타기 시작했죠. 그렇게 되리라고는 생각도 못 했는데, 아마 많은 사람들이 공감을 한 것 같습니다. 나는 사람들이 자신보다 큰 무엇과의 연결을 원하고 있다고 생각합니다. 또 자연이라는 문을 통해서 우리 마음이 열릴 수 있고 삶에서 작은 일에도 감사하는 마음이 생길 수 있다고 생각합니다. 꽃 한 송이, 벌레 하나, 화창한 날씨에 감사하는 일은 얼마든지 할 수 있습니다.

오프라 그렇습니다. 내가 알게 된 것은 자연이 가장 위대한 영적 스승이라는 사실입니다. 나는 신이 자연의 일부이며 자연은 신의 표현이라고 생각합니다. 모든 것이 서로 얽혀 있는 것이 보입니다. 당신은 자연에서 무엇을 배웠나요?

루이 슈와츠버그 신이죠. 자연은 신이 형상화된 거니까요. 카메라로 저속이나 고속 촬영의 기법을 사용해 포착할 수 있다면 자연의 신비가 드러나고 눈으로 볼 수 없는 것을 보게 됩니다. 생명의 신비가 베일을 벗게 되지요.

신의 이미지를 그려보라고 하면 "감사합니다"라고 쓰겠습니다

NORMAN LEAR

오프라 신의 이미지를 그려보라고 하면 "감사합니다"라고 쓰겠다고 말하셨죠?

노먼 리어 그렇습니다. 아주 오랫동안 시카고 대학에서 신학을 가르치고 있는 마틴 마티라는 친구가 있습니다. 어느 날 버몬트에서 그 친구와 산책을 하다가 내가 물었습니다. "자네는 예배를 가장 짧게 설명해보라고 하면 뭐라고 하겠나?" 그가 대답했지요. "한 단어로 말할 수 있지. 감사하는 거라고."

예배는 감사입니다. 나 역시 항상 그렇게 느껴왔습니다.

누구에게나 소명이 있다.
우리의 진정한 소명은
내가 여기에 있는 이유를 알고
거기에 부응하는 일을 하는 것이다.

—*Oprah*

9장

성취

FULFILLMENT

〈슈퍼 소울 선데이〉 프로그램을 기획하게 된 동기에는 인생 경험에서 얻은 지혜로 우리의 마음과 생각을 열어주는 능력을 가진 사람들과 대화를 나누고 싶다는 나 자신의 개인적 열망이 있었다.

그리고 내가 누리는 기쁨을 넘어서서 이 프로그램을 우리 자신보다 더 큰 존재와의 연결을 추구하는 사람들에게 바치고자 한다. 나는 〈오프라 윈프리 쇼〉를 진행하는 동안에도 항상 청중이 지닌 어떤 갈증, 몸과 마음을 채워줄 뿐만 아니라 좀 더 의미 있고 진정한 삶을 창조하고자 하는 깊은 열망을 느낄 수 있었다.

대부분의 사람들은 가장 바라는 것이 행복이라고 말한다. 만족과 평화는 행복을 위한 필수 조건이다. 그러나 나는 우리가 궁극적으로 추구하는 것은 자유라고 생각한다. 우리는 구속받지 않는 삶, 갈등과 두려움, 비판에서 자유로운 삶을 갈구한다. 그러한 삶 속에서는 대인 관계, 경력, 건강, 경제 등 모든 측면이 우리의 영적인 중심과 완벽한 조화를 이룬다.

마이클 싱어는 〈슈퍼 소울 선데이〉에서 이런 상태를 '절대 행복'이라고 표현했다. 우리의 삶에서 무엇이 지속적인 성취감을 주는지 생각해보면 우리 내면에서 움직이는 신성한 힘이 우리가 생각하는 것보다 더 큰 꿈을 품고 있다는 것을 알게 된다. 성공은 그 꿈에 우리 자신을 맡기고 다음 장소로 인도하도록 허락할 때 따라오는 것이다.

시카고 하포 스튜디오의 내 사무실 밖에는 엘리베이터가 하나 있었다. 매일 나는 그 엘리베이터를 타고 프로그램을 녹화하러 스튜디오로 갔다. 한 층만 내려가면 되니까 걸어가는 게 더 쉬울 수 있었다. 그러나 잠깐 혼자가 되는 그 귀한 시간에 나는 출연자들과 청중에게 최선의 모습을 보여주기 위해 마음을 가다듬을 수 있었다. 거기서 나는 항상 같은 기도를 했고 지금도 〈슈퍼 소울 선데이〉 녹화를 하기 전에 매번 하고 있다.

"신이여, 저를 잘 활용해주십시오. 나 자신, 내가 원하는 나, 내가 할 수 있는 일을 알게 하시고, 나 자신보다 더 큰 목적을 위해 저를 사용해주십시오."

꿈을 실현하기 위한 열쇠는 성공이 아닌 봉사에 초점을 맞추는 것이다. 당신 자신에게 이렇게 물어보자. 내가 만나는 사람들과의 공동체의식을 높이기 위해 사용할 수 있는 나의 능력과 재능은 무엇인가? 관심의 초점을 우리 자신이 아닌 봉사하는 방법에 맞춘다면 우리가 하는 일, 사람들과의 관계, 각자 생각하는 삶의 비전이 크게 발전할 수 있게 된다.

게리 주커브는 이것을 우리가 가진 진정한 능력을 발견하는 순간이라고 말한다. "우리의 인격이 영혼의 에너지에 온전히 집중하게 된다"라는 것이다.

우리의 목적을 그 의미와 함께 달성하면 우리가 지닌 고유의 에너지에 강력한 불이 붙는다. 그 결과 내면 깊은 곳에서 강한 전류가 흐르는 듯한 확신을 갖게 된다. 그 근원에 다가가면 더 이상 연어가 물살을 거슬러 올라가는 듯한 느낌을 받지 않게 된다. 대신 마침내 우리 자신의 가장 숭고하고 진실한 모습을 보면서 꿈이 이루어졌다는 것을 알고 스스로 놀라며 경외감을 느낄 것이다.

이 장을 읽으면서, 우리에게 포기해야 하는 수많은 이유를 알려주는 부정적 목소리를 꺼버리는 용기를 갖게 되기를 바란다. 대신 당신의 고유한 소명, 당신에게 주어진 영광된 삶의 볼륨을 높이길 바란다.

—*Oprah*

삶이 의미와 기쁨으로 채워지도록 방향을 맞추어야 합니다

GARY ZUKAV

게리 주커브 영혼은 모선과 같습니다. 영혼이 가고자 하는 방향을 따라 항해를 하면 우리의 삶은 의미와 목적으로 채워집니다. 그런데 그 방향에서 벗어나면 의미와 목적을 잃게 됩니다. 우리는 인격입니다. 이 말의 뜻은 우리가 어느 날 태어나서 어느 날 죽는다는 것이죠. 그러나 우리의 영혼은 죽지 않습니다. 그리고 영혼은 우리의 일부이기도 합니다. 우리는 영혼을 향해 가는 여정에 있지만 또한 탄생과 죽음 사이, 여기에 있습니다. 영혼 속에 있는 몸이라고 할 수 있죠.

우리가 이 땅 위를 걷는 소중한 기회를 지니고 있는 동안 우리가 가진 인격으로 무엇을 할 것인지 생각해보십시오. 나는 나로 무엇을 할 것인가? 여기서 나는 두 가지로 정의할 수 있습니다. 하나는 이 세상에 태어났으며 언젠가는 죽을 인격이고, 또 하나는 나의 영혼입니다. 만일 우리가 지구에서 보내는 시간을 인격과 영혼을 나란히 배열하는 일에 사용한다면 우리의 삶은 의미로, 목적으로, 기쁨으로 채워지기 시작할 것입니다. 그리고 우리는 우리가 살아 있는 이유를 알게 됩니다. 영혼이 우리에게 원하는 것을 알고 따라가게 됩니다.

오프라 당신이 한 말 중에 크게 감명을 받아서 지금도 잊지 못하는 말이 있습니다. "인격이 영혼의 에너지를 온전히 섬기게 되면 진정한 능력이 생긴다"라는 말이었죠. 그 말은 나 자신도 모르고 있던 내 안의 무언가가 깨어나게 해 주었습니다. 그때 나는 깨달았어요. '아, 우리의 인격은 영혼의 에너지와 온전히 일치하고 영혼이 이끄는 대로 따라갈 때 가장 강해질 수 있구나. 그때 우리는 스위트스폿이라고 부르는 최적의 장소에 있게 되는 거구나' 하고요.

게리 주커브 우리는 스위트스폿에서 살기 위해 태어났습니다. 그곳에 이르면 진정한 힘이 생기죠. 우리는 모두 그렇게 해서 발전하는 것입니다.

"당신은 언제 가장 행복한가요?" 라고 물어보세요

MASTIN KIPP

마스틴 킵 나는 조지프 캠벨의 영화 〈신화의 힘〉을 매년 한 해도 빠지지 않고 봅니다. 그 내용이 아니라 내가 변하기 때문이죠. 캠벨은 우리가 삶의 의미를 찾고 있는 것이 아니라 살아 있다는 경험을 추구한다고 말했습니다. 그는 평생에 걸친 자신의 연구를 "당신의 희열을 좇으라"라는 한마디로 요약해서 말했습니다.

오프라 맞습니다.

마스틴 킵 요즘은 그 말이 진부한 문신처럼 여겨집니다. 그러나 희열을 좇으라는 말은 캠벨이 역사와 신화, 종교 등 모든 것을 연구한 뒤에 우리에게 해준 말입니다. 그 말은 우리가 무언가에 도취되어 시간이 어떻게 가는지 모르는 상태가 되는지 찬찬히 살펴보라는 뜻입니다. 우리가 그렇게 즐거운 상태에 있을 땐 대체로 뭔가에 기여하고 몰입해 있을 때입니다. 세상과 어떤 식으로든 연결되어 있는 느낌을 받을 때지요. 그래서 세상과 연결되는 방향으로 가는 행동을 취할 수 있고, 그러면 뭔가가 우리를 도와줄 것이라는 믿음을 갖게 됩니다. "무엇을 얻을 수 있을까?", "어떻게 하면 내가 가질 수 있을까?", "어떤 식으로 이용해야 할까?"라고 질문하는 게 아니라 "내가 무엇을 줄 수 있을까?"라는 질문을 하게 되죠. 당신이 무엇을 할 때 행복한지, 무엇을 할 때 살아 있다고 느끼는지 생각해보세요. 돌아보면 그런 순간이 있다는 것을 알 수 있습니다. 그러면 그 안으로 발을 내딛어보세요.

오프라 무엇이 나를 행복하게 할까? 무엇이 나를 활기차게 할까? 무엇이 나의 희열일까?

마스틴 킵 그리고 사람들에게 질문하세요. 당신은 언제 가장 행복합니까? 친구들에게 물으세요. 부모에게도 질문하세요.

오프라 나는 이런 대화를 나눌 때가 가장 행복합니다.

살면서 열정을 느끼는 일을 하는 것이 우리의 소명입니다

PAULO COELHO

오프라 『연금술사』를 관통하는 주제 중에 하나는 내가 즐겨 사용하는 인용문이기도 합니다. "무언가를 간절히 원하면 온 우주가 힘을 합쳐 그 소망이 이루어지도록 돕는다." 나는 실제로 그런 일이 내게 일어나서 지금 여기 있게 되었다고 생각해요. 10년째 이 대담을 하고 있으니까요. 그런데 그런 생각과 언어, 주제는 어디서 온 것인가요?

파울로 코엘료 글쎄요, 내가 지금까지 살면서 경험한 바로는 무엇을 진실로 원하면 항상 그것을 가질 수 있었다는 것입니다. 그 결과는 긍정적일 수도 부정적일 수도 있습니다. 왜냐하면 우주는 생각을 하지 않으니까요. 우리는 때로 자신도 모르게 비극을 끌어옵니다. 나쁜 일을 끌어오는 것입니다. 그 이유는 스스로 희생자가 되기를 원하기 때문입니다. 희생자가 되면 많은 좌절과 실패가 정당화되니까요. 우주는 우리를 도와줍니다. 성공하기를 바라세요. 그러면 우주가 도와줄 것입니다.

오프라 모든 일이 우리가 생각하는 방식, 우리가 알게 모르게 생각하는 방식에 달려 있다는 거군요. 그러면 모든 사람이 당신이 '개인의 신화personal legend'라고 부르는 것을 갖고 있다고 믿습니까?

파울로 코엘료 백 퍼센트 확신합니다. 하지만 모든 사람이 자신의 신화를 완성할 거라고는 생각할 수 없습니다. 그렇죠?

오프라 그건 그렇죠. 아무튼 사람은 누구나 개인의 신화를 갖고 있다고 하죠. 그렇다면 개인의 신화란 무엇입니까?

파울로 코엘료 그것은 우리가 여기에 있는 이유입니다. 아주 간단합니다. 우리는 삶의 기적이라 부르는 뭔가를 기리기 위해 여기 있습니다. 물론 아무 의미도 없는 뭔가를 하면서 몇 시간 며칠을 보낼 수 있습니다. 그러나 우리가 이곳에 있는 이유가 있습니다. 우리는 그것을 추구할 때 열정을 느낍니다. 그런데 우리는 자신의 개인적 신화를 배신합니다. 다시 말해 아무런 열정도 느끼지 않는 일을 하는 것이죠. 더 고약한 것은 그러면서 그럴듯한 핑계를 대는 것입니다. "나는 준비가 되지 않았어. 아직 때가 되지 않았어. 적절한 때를 기다려야 해. 지금 가족을 부양해야 해." 이런 말들은 단지 변명에 불과합니다. 생각해보세요. 사랑하는 가족들은 당신이 행복하기를 바랍니다. 당신의 딸, 당신의 남편, 당신의 아내. 그들은 당신이 싫어하는 일을 하면서 앉아 있는 것을 보고 싶어 하지 않아요. 설령 억만금을 버는 일이라 해도 말입니다.

오프라 그렇군요. 당신은 지금 개인의 신화를 어떻게 추구할 것인지에 대해 핵심적인 단서를 주었습니다. 살면서 열정을 느끼는 일을 하라는 것이죠. 그걸 개인의 신화라고 부르고요. 나는 그걸 개인의 소명이라고 부르겠습니다. 누구나 이 세상에 존재하는 이유가 있습니다. 세상에 부름을 받은 이유지요. 우리가 열정을 느끼는지 아닌지를 알면 그 길로 가고 있는지 알 수 있을 테고요.

파울로 코엘료 정확히 그렇습니다. 우리가 여기에 있는 이유를 안다 해도 그 이유를 향해 가기 위해 올바른 조치를 취하고 있는지는 모를 수 있습니다. 그러나 우리가 정직하다면 신이 길을 안내합니다. 길을 잘못 들어섰다고 해도 신은 당신이 순수한 마음을 지니고 있다는 것을 알고 있습니다. 그래서 당신을 제자리로 돌아가게 할 것입니다.

오프라 세상이 일어나서 우리를 맞이하는 거군요.

파울로 코엘료 그렇습니다.

때로는 멈추어서 내 마음 밑바닥에 무엇이 있는지 들여다보세요

SUE MONK KIDD

수 몽크 키드 우리 모두에게는 영혼을 끌어당겨서 베풀고 기여하게 만드는 뭔가가 있는 것 같습니다. 무언가 우리에게 빛을 비춥니다. 우리가 모여서 이야기를 나누다 보면 종종 그 빛이 사람들 사이로 들어오는 것을 알 수 있습니다.

또한 우리는 때때로 멈추어야 합니다. 잠시 멈추십시오. 정지 단추를 누르세요. 그리고 당신 자신에게 귀를 기울이세요. 당신 자신의 열망에 귀를 기울이세요. 그 열망이 당신에게 말할 것입니다.

나는 1993년에 여행을 하다가 그리스의 크레타섬에 간 적이 있습니다. 그리스 정교회의 한 작은 수녀원에 갔는데, 아주 오래된 곳이었습니다. 거기에는 수녀들이 성스럽게 여기는 나무 한 그루가 있었습니다. 키가 아주 작은 한 수녀가 우리에게 다가오더니 그 나무에 가서 소원을 비는 전통이 있다고 이야기해주었습니다. 그리고 우리에게 마음 밑바닥에 있는 것을 구하라고 말했습니다. 우리 마음속 가장 깊은 곳에 있는 것을 구하라고 말입니다.

수녀가 다시 말했습니다. "마음 밑바닥에 있는 것을 간구하세요." 나는 그 말을 잊을 수가 없습니다. 나는 얼마나 많은 여성들이 마음 밑바닥에 뭔가를 지니고 있으면서도 거기에 주의를 기울이지 않고 있을지 생각했습니다. 그 무언가는 세상 밖으로 나오기를 원하고 있는데 말입니다.

그래서 함께 여행하던 여자들과 나는 한 사람씩 차례로 나무 아래로 갔습니다. 그곳에는 아름다운 마리아상이 있었습니다. 우리는 마음 밑바닥에 있는 것을 간구했습니다. 나는 불쑥 이렇게 말했죠. "소설가가 되고 싶어요." 이 말을 하면서 나 자신도 깜짝 놀랐습니다.

때로는 잠시 멈추어서 우리 자신에게 이렇게 물어보세요. "내 마음 밑바닥에 놓여 있는 건 뭘까?" 그러면 그 답이 스스로 위로 올라옵니다.

여기서 용기는 또 다른 중요한 요소입니다. 내 마음 밑바닥에 무엇이 있는가? 질문을 하는 용기. 의도를 정할 용기. 그것을 선언할 용기. 어딘가에 고지할 용기. 심장이 놀라서 두근두근 뛰더라도 용기를 내세요. 우리 심장은 가끔씩 뛰게 해야 합니다.

우리는 누구나 꿈에 그리는 운명의 순간을 맞이할 수 있습니다

Pastor WINTLEY PHIPPS

오프라 당신은 신이 우리 모두를 위해 특별한 운명의 순간을 준비해놓았다고 하셨죠.

윈틀리 핍스 목사 당신의 삶과 내 자신의 삶을 들여다보죠. 우리는 운명의 순간들을 좇아가고 있습니다. 어릴 때 꿈꾸던 일들이 현실이 되는 것을 봅니다. 그것이 운명의 순간입니다. 그런데 나는 그런 운명의 순간들이 우리를 만들어가지만 그것이 우리가 창조된 이유는 아니라는 것을 깨닫기 시작했습니다. 우리가 창조된 이유는 날이 갈수록 우리를 창조한 신을 더 닮아가고 그의 모습과 품성을 갖추어가기 위해서입니다.

오프라 지금 당신은 우리가 왜 여기에 있는지 그 이유에 관해 이야기하는 것 같군요. 무언가를 추구하는 것이 우리 운명이라고 말이에요. 우리의 창조주를 닮아가고 그의 특성을 드러내고 반영하겠다는 생각으로 무언가를 추구한다면 누구나 다 옳은 길을 가고 있는 것이라고요.

윈틀리 핍스 목사 그리고 우리는 키가 작든 크든, 가난하든 부유하든, 누구든 자신이 타고난 운명에 다다를 수 있습니다.

오프라 그렇습니다. 그것이 우리 모두 노력해야 하는 것이죠.

그동안 많은 사람들이 내게 물었다.
"디자인은 영적인 일인가요?"
나는 항상 그렇다고 믿어왔다.
나만의 세계와 나만의 일정을 설계하고
창조하는 자유를 원한 것은 내가 디자인 회사를
창업하게 한 유일한 동기였다.
그것은 강력한 동기였지만,
회사를 차리는 것은 두려운 일이었다.
나 자신에 대해서도 알아야 했고
인생의 그 단계에서 그 일을 할 수 있다는
자신감이 필요했다.

— 네이트 버커스

의지는 그 힘이 아주 강해서
우리를 아주 멀리까지 밀어낼 수 있다.
스포츠 과학자들에게 연락을 했을 때
그들 중 최고라는 사람이 편지를 보내왔다.
"미안하지만 그건 인간적으로 불가능합니다."
그래서 내가 답장을 써서 보냈다.
"당신이 모르는 것이 한 가지 있습니다.
당신은 심장이 할 수 있는 일, 폐가 할 수 있는
일에 대해서만 생각을 하는군요. 나는
우리의 정신이 할 수 있는 일을 말하는 겁니다.
그것은 엄청난 힘을 갖고 있습니다."
우리의 정신은 육체보다 위대하다.
방법을 찾아보자.

— 다이애나 나이어드

우리가 여기 있는 이유를 아는 것이 먼저입니다

INDIA ARIE

인디아 아리 나는 상상 속에서 큰 건물을 지었습니다. 겉으로 보기에 아주 아름다운 건물이었죠. 반짝거리고 아름다웠으며 둥글게 높이 솟아 있었습니다. 그러나 그 안을 들여다보면 사방이 난장판이고 사람들은 미쳐 날뛰고 있었어요. 명상을 하면서 그 광경을 보게 되었죠. 그래서 그 건물을 부수어버리기로 했습니다. 그때가 10년 전이고 지금 나는 40대 중반에 접어들었습니다. 겉모습은 번드르르하면서 내부는 엉망인 그런 건물을 갖고 있을 수는 없습니다. 그런 건물은 생각만 해도 어떻게 해야 할지 모르겠어서 울고 싶을 정도예요. 나는 그때 두려웠습니다. 사업을 어떻게 꾸려가야 할지 몰랐죠. 겁이 났어요. 하지만 그런 식으로 계속할 수는 없었죠. 그러다가는 나에게 주어진 운명의 길에서 벗어날 것 같았어요. 그건 죽는 거나 다름없었습니다. 우리가 여기 있는 이유를 알고 우리가 해야 하는 일을 하지 않는다면 살아 있다고 할 수 없습니다.

어렴풋이 내가 누구인지 생각해보는 것만으로 좋습니다

JANET MOCK

오프라 진정한 자아 찾기에 대한 당신의 이야기가 나에게 심오한 영적 대화처럼 느껴지는 이유는 우리 모두 자기 자신을 가장 높이 실현하기 위한 여행의 경로를 찾고 있기 때문일 것입니다. 내가 궁금한 것은 당신이 자신의 이야기를 편하게 말할 수 있을 때까지 얼마나 오랜 시간이 걸렸는지입니다. 2011년《마리클레르》에서 밝히기 전에는 당신이 성전환자라는 사실을 아는 사람이 거의 없었습니다. 그걸 말하지 않은 이유는 따돌림을 받고 싶지 않아서였죠. 따돌림 받는다는 게 어떤 것인지 지금 이 자리에서 이야기해보려고 합니다. 당신은 지금 따돌림 받는다고 느끼나요? 아니면 초월했나요?

재닛 모크 초월했는지는 잘 모르겠어요. 아직 대부분의 사람들은 내가 성전환자라는 사실에 대해 가장 궁금해하는 것 같습니다. 그리고 나는 바로 그런 점에서 따돌림을 받고 있다고 생각해요. 당당하게 거리낌 없이 그러한 정체성을 끌어안겠다고 말하는 것엔 아주 큰 용기가 필요하죠. 나는 내 정체성의 일부에 대해 침묵을 지키고 부끄러워해야 한다고 배우면서 자랐습니다. 그래서 그 꼬리표를 인정하고 그것이 내 것이라고 말하는 것, 그리고 한 개인이자 성전환자, 특히 여성전환자라는 복잡한 정체성을 갖고 여기 서 있는 것은 용기 있는 일입니다. 하지만 여전히 개인적 특성이나 인간성에 대해 어떤 식으로든 자격을 따진다는 점에서는 따돌림을 받고 있는 것이죠.

오프라 우리는 지금 성과 성별에 대한 사고방식이 바뀌는 전환기에 서 있다고 생각합니다. 비단 성과 성별에 대한 문제만이 아닙니다. 이 문제는 모두에게 적용된다고 생각합니다. 우리는 살면서 다양한 방식으로 따돌림을 당하는 경험을 합니다. 그러니까 진정한 자기 자신을 새롭게 정의하는 것은 누구나 바라는 일입니다. 동의하시나요?

재닛 모크 그렇습니다. 우리는 모두 진실을 추구합니다. 사람들은 종종 우리에게 어떤 사람이 되어야 한다고 말합니다. 그래서 따돌림이 생깁니다. 나는 사람들이 나에게 커서 어떤 사람이 되라고 하는 말을 들으면서 줄곧 내가 누구인지 알기 위해 애썼습니다. 나에게 '진짜를 재정의하는 일'은 가장 진실한 나 자신에게 다가가는 일이었습니다. '나에게 나는 누구인가?' 나에게 진짜는 진정성에 관한 문제입니다. 진실을 추구하고 찾는 일이죠. 설령 아직 답을 찾지 못했다 해도 어렴풋이 내가 누구인지에 대해 생각하는 것만으로도 좋다고 생각합니다.

오프라 성전환 수술을 하고 나서 처음 거울을 들여다보았을 때 난생처음 진실하고 온전해졌다는 느낌을 받았다고 했지요. 감격스러운 순간이었나요?

재닛 모크 네. 그때 나는 열여덟 살이었어요. 여성성을 얻기 위해 많은 희생과 타협을 했지요. 결국 나는 여성이 되었어요. 세상으로 걸어 나가 여성으로 섰지요. 나의 여성성을 해방시켰습니다. 그곳에 도착하기 위해 어두운 터널을 통과했고 난생처음 옷을 모두 벗고 거울 앞에 설 수 있었습니다. 그리고 나의 진실을 말했지요. "이게 바로 나야." 그 모든 것을 내 힘으로 해냈죠. 열여덟 살이 되어서야 그 선물을 받았습니다. 그 이후로는 아무것도 나를 막을 수 없다고 느꼈어요.

우리가 배운 것은 사라지지 않습니다

JACK CANFIELD

잭 캔필드 나는 우리 삶의 목표가 정통이라고 생각합니다. 감정, 경제력, 대인관계, 우리의 의식을 관리하는 법에 정통해지는 것이라고요. 명상이나 그런 비슷한 방법을 통해서 할 수 있습니다. 그 목표는 물질적인 것이 아닙니다. 물질적인 모든 것은 언제라도 사라질 수 있습니다. 재산은 잃어버릴 수 있습니다. 명예도 잃어버릴 수 있습니다. 아름다운 배우자 역시 죽거나 떠날 수 있습니다. 그러나 우리가 배운 것은 사라지지 않습니다. 우리는 살면서 장애물을 만나고 극복해가는 과정에서 정통함을 배웁니다.

나는 우리가 누구나 자신이 원하는 사람이 될 수 있는 무한한 가능성을 지니고 있다고 믿습니다. 우리는 애초에 불가능한 목표를 꿈꾸지 않기 때문이죠. 이제 새로운 능력을 배우는 꿈을 꾸어보세요. 그러려면 멘토가 필요할지 모릅니다. 협력이 필요할지도 모르지요. 하지만 우리는 꿈꿀 수 있는 건 무엇이든 이룰 수 있는 잠재력을 갖고 있습니다.

지능지수나 학업 능력은 그다지 중요한 요소가 아닙니다

DANIEL GOLEMAN

대니얼 골먼 한번은 방에 가득 모인 CEO들에게 강연을 하다가 청중에게 물었습니다. "여러분 중에서 수석으로 졸업하거나 반에서 1등을 한 분이 얼마나 계시죠?" 2~3백 명 정도가 모여 있었는데 그중 세 사람이 손을 들더군요. 공부는 별로 중요하지 않다는 것이지요. 공부에 대한 거대한 신화는 와르르 무너졌습니다. 지능지수나 학업 능력, 인지 능력 같은 것들이 성공을 하기 위한 가장 중요한 요소가 아니라는 사실은 내 눈을 뜨게 해주었습니다. 실제로 그런 것들은 그저 일종의 문턱 같은 것입니다. 그 문턱을 넘으면 게임에 참가할 수 있지요. 하지만 일단 게임에 들어가면 그다음부터는 다른 사람들과 더불어 사는 일이 중요해집니다. 어떻게 처신을 하느냐가 중요하죠.

오프라 그러니까 지능지수는 우리가 무엇을 할 수 있는지는 알려주지만 그 일을 어떻게 할 수 있는지는 가르쳐주지 못하는군요.

대니얼 골먼 맞습니다.

"나를 한 문장으로 말한다면?" 하고 스스로에게 물어보세요

DANIEL PINK

대니얼 핑크 우리는 두 가지 질문을 해볼 수 있습니다. 첫 번째는 우리 자신에게 "나를 한 문장으로 말한다면?"이라고 묻는 것입니다. 이 말은 클레어 부스 루스가 케네디 대통령에게 했던 말로 유명합니다. 그녀는 이런 말을 했다지요. "위대한 인물은 한 문장으로 말할 수 있습니다. 한 문장으로 해야지 한 단락으로 하면 효과가 없습니다. 예를 들어, 링컨을 한 문장으로 말하면 '그는 미합중국을 지키고 노예를 해방시켰다'는 것이죠. 훌륭해요. 훌륭한 문장이죠. 프랭클린 루스벨트를 한 문장으로 말하면 '미국 국민을 대공황에서 구해내고 세계대전을 승리로 이끌었다' 멋진 문장이죠." 그녀는 다시 케네디에게 말했습니다. "기억하세요. 위대한 인물은 한 문장이라는 걸." 위대한 인물은 한 문장으로 표현할 수 있다는 이 말은 우리가 삶을 목적을 향해 가는 데 도움이 될 수 있다고 생각해요. 우리 자신에게 '나를 한 문장으로 말한다면?' 하고 묻는 것입니다. 그러면 뭔가가 아주 분명해집니다.

오프라 내 문장을 말해볼까요? 어젯밤에 내가 어떤 사람이 되고 싶은지 곰곰 생각했습니다. 내 문장은 이렇게 정했어요. '나 자신이 솔선수범하는 것으로 사람들이 최선의 삶을 살도록 인도한다.'

대니얼 핑크 와, 훌륭한 문장입니다.

오프라 그럼, 당신의 문장은요?

대니얼 핑크 이런, 당신이 한 말을 따라 하면 안 되니까 방금 생각난 문장을 말하지요. '사람들이 세상을 좀 더 분명히 이해하고 좀 더 충만한 삶을 살도록 도와주는 책을 썼다.'

오프라 아, 좋은 문장이에요.

대니얼 핑크 두 번째 질문은 정말 중요합니다. 이 질문은 우리가 좀 더 발전하도록 도와주기 때문입니다. 하루 일과가 끝난 뒤 자신에게 이렇게 물어보세요. "나는 오늘 어제보다 더 잘했나?"라고요. 이 질문은 정말 중요합니다. 하루를 끝내고 "나는 오늘 어제보다 더 잘했나?"라고 물으면 많은 경우에 "아니요"라고 대답합니다. 그러나 이틀 연속 "아니요"라고 대답하는 경우는 드뭅니다. 잠자리에 들 때 이 질문을 하고 "아니요"라고 대답하고 나면 다소 가책을 느끼고 다음 날 아침 일어나서 좀 더 다짐을 하게 되니까요. '오늘 어제보다 못했다는 것은 시간을 낭비했다는 거야. 다시는 이런 일이 없도록 하자.' 그래서 발전을 하게 됩니다. 천천히 한 걸음씩 앞으로 나아가게 됩니다.

지난 3~4백 년에 걸친 그 어떤 세대보다
우리는 바쁘게 살고 있다.
우리는 정말 바쁘다. 그리고 바쁘게 사는 게
효율적이라고 생각한다.
하지만 잠시 짬을 내서 당신 자신에게
물어보기 바란다.
내가 정말 효율적인 삶을 살고 있는가?
아니면 온갖 잡동사니 같은 일에 시달리고 있는가?
나를 힘들게 하고 고갈시키고
쥐어짜는 일로 채워진 생활이
가장 훌륭하고 멋진 내가 되지 못하게
가로막고 있는 건 아닌가?
또 바쁘다는 것과 그로 인해 생기는 혼란을
효율이라고 착각하고 있지는 않은가?

— T. D. 제이크스 주교

지능이 직업적 성공에 미치는
영향은 25퍼센트에 불과하다.
우리와 우리 아이들의 성공, 직업에서뿐만
아니라 세상을 살아가는 일에서
성공하게 만드는 요인의 75퍼센트는
지능이나 기술적 능력이 아니다.
중요한 것은 세상을 이해하는 방식이다.
낙관적인 생각, 우리가 하는 행동이
정말로 중요하다는 믿음이다.

— 숀 아처

중요한 것은 직업이 아니라 일이라는 사실을 깨달았습니다

WES MOORE

웨스 무어 아프가니스탄에서 막 돌아와서 멘토를 만났을 때 그가 나에게 이런 질문을 했습니다. "다음에는 무슨 일을 할 계획이지요?" 나는 월스트리트에서 일하려 한다고 대답했습니다. 그렇게 말하면 그가 기뻐할 줄 알았죠. 그런데 "정말요?" 하고 묻더군요. 그래서 내가 말했습니다. "당신이 이런 반응을 보일 줄은 몰랐는데요." 그가 다시 물었습니다. "왜 그 일을 하려는 거지요?" 그래서 나는 그에게 이런저런 이유를 대기 시작했습니다.

오프라 조부모님을 부양해야 했죠.

웨스 무어 맞아요. 나는 가족들에게 경제적 도움을 주고 있습니다. 거기다 똑똑한 사람들과 같이 일하고 싶다는 등 이런저런 이유를 덧붙였죠. 그러자 그가 말했습니다. "당신은 3분 동안 그 일을 왜 하려는지 나에게 설명을 하면서 '열정'에 대한 이야기는 단 한 번도 입에 올리지 않았어요." 그리고 계속 말했죠. "잘 들어요, 웨스. 나는 당신을 비판하는 것이 아닙니다. 당신의 결정을 비판하려는 것이 아닙니다. 특히 가족들에게 도움을 주고 싶다는 말에 대해서는 말이죠. 다만 부탁하고 싶은 게 있어요. 그곳을 떠날 수 있다고 느끼는 순간 떠나세요. 머물러야 하는 시간보다 더 오래 머물면 그 순간부터 당신은 아주 평범해질 것입니다."

그 말을 듣고 가슴이 뜨끔했습니다. 내 딴에는 어떻게든 훌륭한 사람이 되려고 노력하고 있는데 "그 일을 오래 할수록 당신은 별 볼 일 없는 사람이 될 겁니다"라는 말을 들으면 어떻겠습니까. 그가 한 말의 의미는 열정을 갖고 하는 일이 아니라면 그 일을 하면서 결코 진정한 자기 자신이 될 수 없다는 것이었죠.

오프라 맞습니다. 당신은 처음 월스트리트에서 제안을 받았을 때 이런 말을 했지요. "마음 한구석에서 값비싼 수갑이 덜걱거리는 소리가 들렸다"고요.

웨스 무어 맞아요. 사실입니다. 그리고 이런 생각도 들었어요. "음, 이제 우리 아이들을 그 학교에 보내야겠군.", "자동차도 한 대 더 사야겠어." 별별 생각을 다 했습니다. 우리는 그런 것들을 바탕으로 결정을 내리죠.

오프라 맞아요. "드디어 이 자리까지 왔는데, 이 일을 계속해야 해. 생활수준을 유지해야 해."

웨스 무어 바로 그거예요.

오프라 그래서 그 일을 하면서 불편하거나 불행하다는 생각이 들었나요? 줄곧 불행했나요? 아니면 그저 "내가 지금 뭘 하고 있는 거지?"라는 느낌이 드는 정도였나요?

웨스 무어 사실 생각이 오락가락해서 뭔가 뭔지 잘 모르겠더군요. 하지만 돌아가는 상황을 보니 내가 계속 즐겁게 일할 수는 없을 것 같았지요. 그 일을 그만두면 생계가 위태로워질 수 있다는 생각도 했지만 결국 즐거워서 하는 일이 아니라면 모험을 하는 편이 낫겠다는 매우 의식적인 결정을 내렸습니다. 나는 직업에서 즐거움을 발견하는 방법을 찾고 있었습니다. 그리고 중요한 것은 직업이 아니라 일이라는 사실을 깨달았습니다. 그 둘은 서로 다른 것입니다. 나에게 일이란 나의 개인적 즐거움이 세상이 가장 필요로 하는 것과 만나는 곳에서 시작되는 것입니다. "이런 것이 진짜 봉사지"라고 말할 수 있는 일을 하는 거죠.

자신이 맡은 일에 준비가 되어 있지 않은
사람에게 할 수 있는 가장 무자비한 행동은
그 사람이 그 일을 하게 내버려두는 것이다.
그 사람은 결국 자신감과 자긍심을 잃게
된다. 그리고 무기력증을 다른 팀원들에게로
가져간다. 또한 당신이 그런 사람을
그대로 내버려두는 것을 사람들이 보게 되면
리더로서 당신의 능력에도 흠집이 난다.
그리고 무엇보다 고약한 것은
더 이상 자신을 믿지 못하고 자존감을 잃어버린
그 사람이 무기력한 에너지를
집으로 가져간다는 것이다. 무기력증을
집에 있는 가족에게까지 가져가는 것이다.

— **제프 와이너**

성공을 가로막는 것은 우리 자신의 상상뿐입니다

SHONDA RHIMES

숀다 라임스 어릴 때 아버지가 내게 항상 하시던 말씀이 있습니다. "성공을 가로막는 것은 우리 자신의 상상뿐이다." 나는 그 말이 단지 경제적 성공이나 직업적 성공에 관한 것이라고는 생각하지 않았습니다. 사랑과 가족, 감성을 비롯해 모든 방면의 성공에 적용된다고 생각했죠. 우리의 성공을 가로막는 것은 우리 자신의 상상뿐이다. 이 말을 반대로 하면 우리가 상상하는 것은 무엇이든 가능하다는 뜻이 됩니다.

성공한 한 여성이자 혼자서 세 아이를 키우는 엄마로서 내가 항상 받는 질문이 있습니다. "어떻게 그 많은 일을 다 해냅니까?" 그러면 나는 이렇게 말합니다. 다 하지 못합니다. 영예로운 상을 받는 날은 아이의 첫 수영교실에 참석하지 못합니다. 딸이 학교 뮤지컬에 데뷔하는 모습을 보러 가는 날은 〈그레이 아나토미〉에서 산드라 오가 출연하는 마지막 장면을 촬영하지 못합니다. 한 가지를 하면 필연적으로 다른 하나는 못 할 수밖에 없습니다. 거래를 해야 하죠. 그러나 나는 우리 딸들이 엄마를 보고 엄마를 일하는 여성으로 생각하기를 바랍니다. 그들에게 본보기가 되고 싶어요. 딸들이 내 사무실에 와서 숀다랜드에 왔다고, 엄마 이름으로 불리는 나라가 있다고 자랑스럽게 생각하기를 바랍니다.

아침에 일어날 때는 충전이 되어 있어야 한다.
그런데 우리는 아침에 일어나서
우울할 때가 많다. 기운이 없다. 화가 난다.
절망적이다. 반면에 아침에 일어나서
"살아 있으니 기쁘다.
오늘 할 일이 있다"라고 말할 수 있다면,
나는 이것이 성공이라고 생각한다.
일단 그러한 내면의 성공을 거두면,
안에서 일어나는 일이
어떤 식으로든 밖으로 드러난다.

— 데번 프랭클린

누구라도 할 수 있는
말이고 가장 중요한 말은
"나는 당신을 사랑합니다"가
아니라 "나는 당신 말을
듣고 있습니다"이다.

—*Oprah*

10장

사랑과 연결

LOVE AND CONNECTION

인류의 역사에서 사람들을 구분하는 편 가르기는 항상 있었고 지금 이 순간에도 있다.

영성 수행이 깊어질수록 나는 우리가 서로 연결되어 있으며 더불어 행복하고자 하는 바람이 우리를 하나로 묶어놓고 있다는 생각을 한다. 그러한 유대감을 새롭게 되살리고 보완하기 위해서는 우리 각자의 노력이 필요하다.

나는 모든 관계에서의 소통을 춤으로 상상하기를 좋아한다. 한 사람이 한 발을 앞으로 내딛으면 다른 사람은 한 발 뒤로 물러나 두 에너지가 조화롭게 움직이며 둘이 나란히 서기도 하고 하나가 되기도 한다. 그러다가 발을 잘못 옮기거나 연결이 끊어지기도 한다. 그럴 때 실수를 인정하고 재빨리 바로잡지 않으면 두 사람 모두 혼란에 빠지고 만다.

영성지도자 아디야샨티는 〈슈퍼 소울 선데이〉에 출연해서 한 사람의 영혼이 다른 사람의 영혼이 가진 직관적 존재를 인식할 때 두 사람 사이에 '리듬'이 만들어진다고 말했다. 매일, 매 순간, 우리의 에너지는 우리가 만나는 다른 에너지와 연결되는 방법을 찾고 있다는 것이다. 그 연결을 느낄 때 존재와 존재가 발을 맞추게 되고, 우리는 우리 모두에게 존재하는 근원과 나란히 가게 된다.

우리가 하는 모든 일, 우리의 모든 관계는 영적인 연결 수준에 따라 성공하기도 하고 실패하기도 한다.

그렇다면 서로 연결이 되지 않아서 각자 댄스플로어의 구석으로 멀어지면 어떻게 다시 보조를 맞출 수 있을까?

내가 지금까지 경험해본 바로는, 공동의 자리를 찾아가는 가장 효과적인 방법은 진심으로 상대방에게 다가가서 이렇게 묻는 것이다. "당신이 정말 원하는 것이 무엇인가요?"

만일 그에게 진심으로 대답할 수 있는 시간 여유를 준다면 대부분 이런 대답을 할 것이다. "당신이 나를 존중하는지 알고 싶어요."

우리가 영성의 원리를 온전히 포용함으로써 확장에 초점을 맞추면, 우리가 어떤 사람에게 전적으로 관심을 기울이면, 그 사람이 또 다른 사람에게 관심을 가질 것이고 그다음 사람, 그다음 사람으로 계속해서 이어질 것이다.

이런 집단 에너지의 힘에 대해 나는 하버드의 뇌과학자 질 볼트 테일러 박사에게서 깊이 있는 설명을 들었다. 그녀는 아주 심각한 출혈성 뇌졸중으로 쓰러진 뒤에 좌측 뇌의 기능을 완전히 상실했다. 반면 현재의 순간에만 집중하는 우뇌는 온전히 남았다. 기억력이나 언어 인식 능력이 없는 가운데 질은 자신을 둘러싸고 있는 에너지를 매우 예리하게 인식하게 되었다. 그녀는 병실로 찾아오는 의사, 간호사, 방문자들을 대하면서 그들을 에너지를 가져오는 사람과 에너지를 앗아가는 사람, 두 부류로 구분하게 되었다.

박사가 회복 중에 자신을 만나러 오는 사람들에게 부탁한 말은 내 마음에 깊이 와닿았다. 나는 그녀가 한 말을 종이에 써서 쇼가 시작되기 전에 제작진이 모이는 분장실에 붙여놓았다.

"이 공간에 들어올 때는 반드시 에너지를 가져와야 합니다."

나에게는 모든 관계에서 내가 상대방에게 주는 에너지에 대해 책임을 져야 하며, 또한 상대방이 나에게 주는 에너지에 대해서도 책임을 져야 한다는 것을 깨달았다. 우리의 영성을 더 높여주는 에너지가 없다면 어떤 관계도 결속력이 강화될 수 없다.

우리는 이 생각을 우리 주변의 보다 큰 선善을 위해 확장할 수 있다. 홀로코스트 생존자로 노벨 평화상을 수상했으며 베스트셀러 작가인 엘리 위젤은 이를 아주 훌륭한 말로 설명했다.

"사랑의 반대말은 증오가 아니라 무관심입니다."

엘리는 성경의 레위기에 나오는 "방관자가 되지 말라"는 구절을 좋아한다고 말했다.

인간은 다양한 형태의 사랑에서 비롯되는 치유력을 필요로 한다는 것을 우리는 알고 있다. 우리의 삶을 세상을 위해 봉사하는 데 쓰면 세상이 우리를 위해 봉사할 것이다.

우리는 각자 인간의 집단의식을 변화시킬 능력을 갖고 있다. 나는 계속해서 진화하는 인간의 경험 속에 있는 영적 존재이며 내가 다른 누구보다 더 훌륭하지도 않고 더 못나지도 않다고 생각한다.

나는 단지 나다.
당신은 단지 당신이다.
하지만 우리는 연결되어 있다.

— *Oprah*

기억을 모두 잃자
오히려 깊은 내면의 평화가 찾아왔습니다

Dr. JILL BOLTE TAYLOR

오프라 그러면 좌뇌 전체에서 출혈이 있었다는 건가요?

질 볼트 테일러 박사 그렇습니다. 처음에는 안쪽 깊은 곳에서 작게 시작했어요. 하지만 오전 내내 출혈이 점점 더 심해졌어요.

오프라 좌뇌는 어떤 역할을 합니까?

질 볼트 테일러 박사 언어 능력, 순차적 사고, 논리적 사고, 선형적 사고 능력과 A 더하기 B는 C라고 셈하는 능력을 관장하죠. 그러니까 외부 세계와 소통하는 능력을 관장한다고 할 수 있죠.

오프라 그리고 우뇌는 큰 그림을 담당하고요?

질 볼트 테일러 박사 우뇌는 큰 그림을 봅니다. 들어오는 모든 정보를 처리해서 맥락을 제공합니다. 직관이자 증인이고, 관찰자 역할을 하기도 합니다. 평화, 곧 내면의 평화를 느끼는 능력을 갖고 있습니다. 따라서 양쪽 뇌가 매우 다른 기능을 합니다.

오프라 그런데 좌뇌가 완전히 잠잠해졌군요?

질 볼트 테일러 박사 네, 완전히 침묵에 빠졌죠.

오프라 당신의 자아를 잃었다는 것은 무슨 뜻이지요?

질 볼트 테일러 박사 내 자아를 잃었어요. 나는 여자 몸속에 있는 아기나 마찬가지였고, 지나온 삶에 대한 기억이 다 사라진 거죠.

오프라 그러면 그때 무엇이 남아 있었나요? 당신은 자아를 잃었습니다. 내가 누구이고, 어떤 배경을 갖고 있는지…… '나는 하버드 박사다. 나는 어떤 사람이다.' 이런 의식이 없었다는 건가요?

질 볼트 테일러 박사 네. 전혀 없었습니다.

오프라 그런데 당신은 전에 없던 방식으로 일체감, 평화로움, 인간성과의 연결을 느꼈다지요. 다른 모든 것이 잠잠해졌기 때문이었나요?

질 볼트 테일러 박사 맞습니다. 어떤 트라우마를 경험한 사람에게 나는 묻습니다. "그 경험에서 무엇을 얻었나요?"라고요. 내가 그 경험에서 얻은 것은 깊은 내면의 평화이자 모든 것이 서로 연결되어 있음을 깨달은 기쁨입니다. 그리고 내 몸의 경계가 사라지면서 내가 우주만큼 거대하다고 느꼈지요. 어디서 시작하고 어디서 끝나는 것인지 더 이상 구분이 되지 않았으니까요.

여기서는 아무도 혼자 살 수 없다.
지금 진정으로 중요한 것은 사랑이다.
사랑은 인간 정신의 깊은 곳에서
우리를 분발하게 한다.
힘, 사랑, 용기, 사랑, 친절, 사랑,
정말 중요한 것은 이것이다.
악은 항상 존재해왔고 앞으로도 존재할 것이다.
그러나 선 역시 언제나 존재해왔고
지금 여기에 존재한다.

— 마야 안젤루 박사

인간성은 다른 사람을 위해 가슴 아파할 수 있는 능력입니다

Sister JOAN CHITTISTER

조앤 치티스터 수녀 내가 열두 살쯤 되었을 때 집에 와 보니 작은 잉꼬가 사라지고 없었습니다. 이상하게 들릴지 모르지만 어린아이였던 내게 그 작은 새는 동반자였어요. 집에 가면 같이 놀 친구 대신 당연히 빌리가 있었어요. 그런데 빌리가 보이지 않았죠. 아버지는 가구를 모두 옮기며 샅샅이 뒤졌고 어머니는 의자 밑을 들여다보았죠. 그러다 모두 잠자리에 들었습니다. 그러나 나는 가슴이 무너져 내렸죠. 베개에 얼굴을 파묻고 흐느꼈습니다. 소리를 내지 않으려고 했어요. 다른 사람들을 방해하고 싶지 않았으니까요. 하지만 결국 작은 몸을 들썩이며 울음을 터트렸습니다. 그런데 순간 누군가 내 옆에 와서 한 손을 내 등에 얹는 것을 느꼈고 그 존재가 엄마라는 것을 알았어요. 다른 쪽에도 누군가가 있었죠. 아빠였어요. 두 사람은 나를 감싸 안으며 말했습니다. "괜찮아, 얘야. 괜찮아. 네 마음을 알아, 괜찮아." 지금 생각하면 그때 인간성은 다른 누구의 아픔을 이해하고 옆에 있어주는 것이라고 배운 것 같습니다. 우리는 어떤 새가 내 새가 아니라고 해서, 어떤 아이가 내 아이가 아니라고 해서, 어떤 아픔이 내 것이 아니라고 해서 그냥 지나치지 못합니다. 인간성은 다른 사람을 위해 가슴 아파할 수 있는 능력입니다. 불의를 멈출 수 있는 유일한 힘이기도 하죠. 우리는 같은 사람으로서 고통에 빠진 사람들을 도와야 합니다.

사랑하는 사람에게 줄 수 있는 최고의 선물은 곁에 있어주는 것입니다

THICK NHAT HANH

틱낫한 첫 번째 주문은 "네 곁에는 내가 있다"라는 것입니다. 우리가 사랑하는 사람에게 줄 수 있는 최고의 선물은 곁에 있어주는 것입니다. 곁에 없으면서 어떻게 사랑을 표현할 수 있겠습니까? 그 사람을 위해 온전히 곁에 있어주어야 합니다. 과거나 미래에 사로잡히지 말고, 지금 사랑하는 사람 곁에 있어야 합니다. 두 번째 주문은 "네가 내 곁에 있어주어서 행복하다"라는 것입니다. 사랑하는 사람이 곁에 있다는 것을 가장 고귀한 일로 여겨야 합니다. 그리고 마음챙김을 유지하며 사랑하는 사람을 안아주면 그는 꽃처럼 활짝 피어날 것입니다. 사랑받는 것은 존재를 인정받는 것입니다. 이 두 가지 기도는 지금 이 순간의 행복을 가져다줍니다. 세 번째 주문은 사랑하는 사람이 괴로워할 때 우리가 해야 하는 것입니다. "네가 힘들어하는 것을 알고 있다. 너를 위해 내가 여기 있다." 그 사람을 도와주기 위해 뭔가를 하기 전에 곁에 있는 것만으로도 이미 얼마간 위안을 줄 수 있습니다. 네 번째 기도는 다소 어렵습니다. 이것은 우리 자신이 힘들 때 필요한 주문입니다. 사랑하는 사람 때문에 고통을 받는 일이 생기면 우리는 실의에 빠지게 됩니다. 그래서 방 안에 들어가 문을 잠그고 혼자 괴로워하죠. 고통을 준 사람에게 벌을 주고 싶은 마음이 듭니다. 그럴 때는 그 사람에게 가십시오. 그리고 이 주문을 소리내어 말할 수 있다면 당신이 느끼는 고통이 금세 줄어들 것입니다. "나는 고통스럽다. 나는 우리 관계를 위해 최선을 다해 기도하고 있다. 네가 도와주면 좋겠다."

동등한 관계가 되는 것이 무엇보다 중요합니다

GARY ZUKAV & LINDA FRANCIS

오프라 게리, 당신은 여기 계신 아내 린다 프랜시스를 영성 파트너라고 부르는데요. 영성 파트너란 어떤 의미인가요?

게리 주커브와 린다 프랜시스 영적 성장을 목적으로 하는 동등한 협력관계라고 할 수 있죠.

오프라 영적 협력관계를 어떻게 이용하면 진정한 힘을 얻을까요?

게리 주커브 영적 협력관계에서 진정한 힘이 만들어집니다. 설명하자면, 린다와 나는 영성 파트너입니다. 나는 진정한 힘을 얻기 위해 나 자신의 영적 성장에 전념합니다. 린다는 그녀 자신의 영적 성장에 전념합니다. 내가 린다의 영적 성장을 대신해줄 수 없고 린다도 나의 영적 성장을 대신해줄 수 없지요. 그러나 나는 린다를 지원할 수 있고 린다는 나를 지원할 수 있습니다. 그리고 다른 사람들을 비난하기보다 공감하려고 애쓰고 스스로 한 일에 대해 책임을 지는 사람이 된다면 우리와 같은 노력을 하는 사람들을 끌어 당기게 됩니다.

린다 프랜시스 지금까지 살면서 나는 여러 번 누군가에게 끌리는 경험을 했습니다. 하지만 그것은 내게 부족한 부분을 채워줄 누군가를 원하는 거였고 두려움에 근거한 것이라고 느꼈습니다.

오프라 그렇군요. 오래전 톰 크루즈가 출연했을 때 내가 〈제리 맥과이어〉에 나오는 대사를 말한 적이 있습니다. "당신은 나를 완성해줍니다"라고 했다가 한바탕 난리가 났지요. 영화관에서는 울지 않은 사람이 없었다고 하죠. 그리고 모든 여자가 이렇게 생각했다고요. '그래, 여자는 남자를 완성해주는 거야.' 하지만 사실은 아무도 우리를 완성해주지 못합니다.

린다 프랜시스 그래요. 내가 스스로 노력하지 않았다면 게리와 영성 파트너가 될 수 없었을 겁니다. 나는 나를 보완해줄 사람을 찾으려 하지 않고 내가 원하는 삶을 창조하고 나 자신을 변화시켰습니다. 그랬더니 모든 게 달라졌어요. 그렇게 하지 않았다면 게리를 만나지 못했겠죠.

오프라 감동적이군요. 방금 당신이 한 이야기가 제 마음에 와닿았어요. 아마 많은 사람들이 그렇게 느낄 겁니다. 내가 이렇게 강조하는 이유는 정말 그 말에 공감하기 때문입니다. 어떤 사람을 찾으려 하기보다는 스스로 바로 그런 사람이 되기 위해 노력하라. 그러면 우리 자신이 되고자 하는 그런 사람이 우리에게 끌려올 것이다. 이런 말이라고 이해가 됩니다.

린다 프랜시스 정확히 맞습니다.

오프라 나에게는 아주 분명하게 그런 말로 들립니다. 영성 파트너란 영적 성장을 목적으로 하는 동등한 협력관계라고 하셨는데요, 동등하다는 의미는 무엇인가요?

게리 주커브 주변 사람들을 살펴보세요. 어떤 이는 강하고, 어떤 이는 약합니다. 어떤 이는 그림을 그리고, 어떤 이는 글을 씁니다. 어떤 이는 훌륭한 엄마이고 어떤 이는 훌륭한 목수입니다. 이렇게 우리 눈에 보이는 차이는 모두 인격의 특성입니다. 그러나 우리가 어떤 사람과 연결되면 동등하다는 느낌을 받는데 바로 영혼과 영혼이 연결되기 때문입니다.

인격은 동등하지가 않죠.

오프라 이해했어요. 인격적 특성은 동등하지 않지만, 영혼은 동등하다는 거군요?

게리 주커브 맞아요! 동등하다는 것은 우주에서 어떤 사물이나 사람도 나보다 더 중요하지 않다는 것을 이해하는 것입니다. 마찬가지로 우주에서 어떤 사물이나 사람도 나보다 덜 중요하지 않습니다. 여기 동등함에 관한 교훈이 하나 있습니다. 모든 사람이 동등하다고 느끼지 못하면 자신이 더 우월하거나 더 열등하다고 느낍니다. 우월감과 열등감은 두려움을 느끼는 특성에서 비롯된 결과입니다. 그래서 영혼과 영혼이 만나지 않고는 동등한 영적 파트너십 관계로 들어갈 수 없습니다. 동등하지 않으면 우월감이나 열등감을 느낍니다. 그런 감정은 두려움의 일부가 활성화된 것이죠. 그래서 내가 린다와 함께할 때, 또는 누구라도 다른 영성 파트너와 함께 할 때, 정서적인 면을 이해하려고 노력합니다. "나는 열등감을 느끼는가? 나는 상대방에게 호감을 주려고 하는가? 상대방에게서 뭔가를 얻어내려고, 단지 미소 한 번이라도 얻어내려고, 나 자신을 왜곡하고 있지는 않은가? 혹은 내가 우월감을 갖고 관심을 두지 않는 것은 아닌가?"라고 질문을 해봐야 합니다. 물론 우리는 마음 내키는 대로 할 수 있습니다. '나는 원래 이런 사람이야'라고 말이죠. 그러나 그런 관계에서 연결은 없습니다. 내 인격 안에 그런 감정들을 유발하는 두려움이 있다면 극복해야겠죠.

상대방이 행복해질 수 있는 공간을 만들어주세요

ROB BELL & KRISTEN BELL

롭 벨 이 단어는 이상하거나 특이하기보다 더 이상 아름다울 수 없습니다. 특히 그 단어에 내포된 의미와 중요성을 생각하면 더욱 그렇습니다. 나는 이 단어를 예루살렘에 살았던 카발라 신비주의자 이삭 루리아의 글을 공부하다가 만났어요. 원래의 철자는 T로 시작합니다. T-Z-I-M-T-Z-U-M이고 '수축하다' 또는 '뒤로 물러나다'라는 뜻입니다. 우리의 삶에서 내가 아닌 누군가를 더 크게 만들어준다는 뜻입니다. 상대방을 위한 공간을 만드는 것이죠.

크리스텐 벨 우리는 결혼을 하면 상대방이 행복해질 수 있는 공간을 만들어주고 상대방도 우리를 위해 그렇게 합니다. 두 사람 사이에 에너지가 들어갈 공간을 만드는 것입니다. 우리 관계에서도 그러한 에너지를 느낍니다. 그리고 우리는 그 에너지가 흐르고 생명을 가져오는 때를 압니다. 뭔가가 그 에너지를 가로막을 때를 알 수 있습니다.

롭 벨 그럴 때는 의도적으로 상대방을 향해 가야 합니다. 그냥 어떻게 되는지 보자고 내버려두면 안 됩니다. 나서서 함께 해결해야죠.

우리가 오랜 결혼 생활을 유지해온 것은
내 아내가 좋은 사람이기 때문입니다.
그리고 우리는 결혼 초기에 서로에게
많은 공간을 허용해주기로 약속했습니다.
로잘린에게는 그녀만의 생각이 있고,
그녀만의 야망이 있으며, 그녀만의
인생 목표가 있죠. 어떤 부분은 나와 다릅니다.
나는 아내가 자기 일을 하도록
내버려두었습니다.
아내도 나를 내버려두었죠.
그리고 우리는 잠자리에 들기 전에
결혼 생활에서 피할 수 없고 종종 발생하게 되는
의견 차이를 좁혀가려고 노력합니다.

— 지미 카터 대통령

우리는 누구나 있는 그대로 충분히 훌륭합니다

MEAGAN GOOD

메건 굿 나는 주로 백인들이 사는 동네에서 자랐습니다. 흑인 가족은 둘뿐이었죠. 그래서 항상 마음속에 차별을 받고 있는 듯한 께름칙한 느낌이 있었고, 내가 이미 알고 있는 것을 누군가 말해주기를 바랐습니다. 우리는 누구나 있는 그대로 충분히 훌륭하다고 말이죠. 진심으로 그렇게 말해주는 사람은 어머니와 언니뿐이었어요. 그들은 혈육이니까요. 그래서 누군가 다른 사람이 그렇게 말해주기를 바랐습니다. 누군가 내 삶 속으로 들어와서 남은 생애 동안 내 삶의 일부가 되어주고 나를 있는 그대로 사랑해주길 원했지요. 그런데 결혼을 하면서 많은 치유가 일어났습니다. 데번 프랭클린은 믿기지 않을 정도로 내게 많은 도움을 주었습니다. 그는 어떤 사람이 자신에 대해 나쁜 말을 해도 귓등으로 넘긴다고 합니다. 나는 그런 일이 있으면 마음이 너무 아파서 일주일 내내 울곤 했어요. 그가 이 부분에서 내게 가져다준 치유만으로도 신이 어떤 존재인지 상기시켜준 것이나 다름없습니다. 나는 그를 존경하기 때문에 그가 한 말을 그대로 받아들일 수 있었어요. 다른 사람이 그런 말을 했다면 수긍하지 못했을 겁니다.

취약성은 더 큰 친밀감을 갖기 위한 유일한 문입니다

BRENÉ BROWN

오프라 취약성이 더 큰 친밀감을 갖기 위한 문을 열어주지 않나요?

브레네 브라운 내 생각엔 그게 유일한 문입니다.

오프라 그렇죠. 그 생각에 공감해요. 취약성이 없으면 친밀감도 가질 수 없습니다.

브레네 브라운 이렇게 생각해봅시다. 우리는 아침에 일어나서 무장을 합니다. 절대 타협하지 않는다는 태도로 세상 속으로 들어가죠. "나를 우습게 보지 마. 당신은 나를 다치게 할 수 없어." 집에 돌아와서도 무장해제를 하지 않습니다. 그러다가 갑자기 섹스나 친밀함을 이야기하며 잠자리에 듭니다. 두 사람이 마치 시끄러운 경적이 울리는 갑옷을 입고 있는 것처럼 말이죠.

오프라 마음을 열면 다른 사람들도 같은 것을 느끼고 있다는 것을 알게 된다고 생각해요. 다른 사람이 느끼지 못하는 것을 나만 느낄 수는 없다고요.

브레네 브라운 그럴 수는 없지요.

오프라 그것이 내가 수천 번의 인터뷰를 진행할 수 있도록 해주는 힘이죠. 내가 무엇을 느끼든 적어도 열 명은 나와 같은 감정을 느낄 거라고 생각하니까요.

브레네 브라운 그게 취약성이며 용기입니다.

나는 인간성과 사랑을 일깨우는 코미디언입니다

TRACY MORGAN

오프라 나는 코미디언을 많이 만나보았습니다. 그들은 인정을 받으려면 웃겨야 한다고 느끼죠. 그래서 항상 농담을 하고 최대한 사람들을 웃기려고 노력합니다. 그리고 항상 다음에 무슨 농담을 할지 생각하고 있어요. 당신도 그래야만 사랑받을 수 있다고 생각하나요?

트레이시 모건 나는 인간성과 사랑을 일깨우고 싶어요. 정말 그래요. 그래서 그렇게 했고 사람들의 사랑을 받고 있죠. 병원에서 처음 퇴원하던 때가 기억납니다. 사람들이 울면서 나를 안아주었는데, 좀 어색한 느낌이었지만 기분은 좋았습니다. 사람들이 나를 생각해주고 있다는 것을 알았으니까요. 그래서 다시 사람들에 대한 믿음을 갖게 되었죠. 이제 나는 무대에 오르면 기립박수를 받습니다. 그러면서 사람들과 선의와 행복을 느낍니다. 20초 정도 그런 시간을 갖습니다. 그 다음에는 시작을 해야죠. 사람들이 돈을 주고 입장권을 샀다는 것을 잊지 말아야 해요. 내가 할 일을 해야죠. 그리고 나는 다른 코미디언들이 이야기할 수 없는 무언가를 알고 있습니다. 나는 저승에 갔다가 선물을 갖고 돌아왔습니다. 내가 하는 농담이 바로 그 선물입니다.

사랑은 상대방을 믿어주는 것입니다

Pastor WINTLEY PHIPPS

윈틀리 핍스 목사 누군가를 진정으로 사랑하려면 그 사람을 믿어야 합니다. 누군가를 사랑하려면 우리 스스로 정직해지고 선해져야 합니다.

누군가를 사랑하려면 상대방의 장단점을 알고 인내하는 법을 배워야 합니다. 사랑은 상대방이 최선을 다하지 않을 때도 우리는 최선을 다하는 것이죠. 사랑은 우리가 원하는 것보다 상대방이 필요로 하고 원하는 것을 항상 중요하게 여기는 것입니다.

이것이 진정한 사랑이죠.

내가 가진 최고의 자질은
다른 사람들의 자질을 향상시킵니다

PHIL JACKSON

필 잭슨 운동을 하면, 특히 수준 높은 경기를 하면 훌륭한 공동체가 형성됩니다. 단결심이라는 말은 정확히 여기서 나온 것입니다. 서로 연결된 사람들 사이에서는 어떤 영성이 형성됩니다. 물론 이 영성은 종교와는 관련이 없죠. 이 영성은 우리의 계획 또는 우리의 시스템에 다른 사람들을 결합하는 능력과 관련이 있습니다. 그리고 내가 가진 최고의 자질이 그들의 자질을 향상시킵니다. 농구와 같은 스포츠가 그렇지요. 보는 사람들, 즉 관중에게도 영향을 미칩니다. 우리는 거기서 놀라운 계획을 봅니다. 우리가 경기를 계속 관람하는 이유는 그것이 한 개인의 행동이 아니라 고양된 정신에서 비롯된 결과이기 때문입니다.

행복의 90퍼센트는 뇌가 세상을 바라보는 방식에 달려 있습니다

SHAWN ACHOR

숀 아처 우리는 행복을 각자 나름대로 정의할 수 있지만 행복을 느끼게 하는 요인은 전 세계적으로 비슷합니다. 그것은 깊은 사회적 연결입니다. 관계의 폭과 깊이, 의미는 우리가 지닌 장기적인 행복 수준을 가장 정확하게 예견할 수 있는 지표 중 하나입니다. 최고의 긍정심리학자들은 장기적인 행복에 미치는 외부 세계의 영향은 10퍼센트에 불과하다는 것을 발견했습니다. 장기적인 행복의 90퍼센트는 우리의 뇌가 세상을 바라보는 방식에 달려 있습니다.

진실은 어디에서나 통합니다

GLORIA STEINEM

글로리아 스타이넘 한 간디 단체와 함께 인도의 마을들을 통과하고 있었습니다. 폭동이 일어난 어느 지역에 '우리는 당신들을 생각하고 있다'라는 메시지를 전하기 위해서였지요. 우리는 도보로 움직였고 마을 사람들이 제공하는 음식을 먹었어요. 저녁이 되면 석유 등잔을 중심으로 둘러앉았는데 마을 사람들이 그 지역에서 벌어지고 있는 무서운 이야기를 들려주었죠. 그렇게 몇 시간을 보내고 나면 그들은 서로 이야기를 나눌 수 있고, 그런 일을 혼자 겪은 것이 아니라는 사실을 알게 되면서 변하기 시작했습니다. 또한 간디 단체의 사람들은 나에게 지침을 알려주었습니다. '사람들이 당신의 말에 귀 기울이게 하려면 그들의 말에 귀를 기울여라. 사람들이 어떻게 사는지 알고 싶으면 그들이 사는 곳에 가보아라. 사람마다 다른 사연을 갖고 있다. 각각의 이야기에 귀 기울이고 모임에 참석하라'는 것이었죠.

우리가 관심을 갖는 운동을 생각해봅시다. 인권 운동은 남부의 교회에서 사람들이 증언을 하고 자신들의 이야기를 들려주면서 시작되었습니다. 여권 운동은 여성들이 모여 앉아 자신들의 이야기를 하면서 시작되었습니다. 우리는 사회적인 동물입니다. 시간이 걸리기는 했지만 나는 그때 인도에서 배운 것을 내 삶의 다른 부분에도 적용할 수 있다는 것을 깨달았습니다.

오프라 그러니까 진실은 어디에서나 통한다는 말이군요.

글로리아 스타이넘 좋은 말씀입니다.

오프라 지금까지 내가 인터뷰를 할 때마다 느끼는 것이 그것입니다. 진실은 어디에서나 적용된다는 것입니다.

글로리아 스타이넘 예. 맞아요. 맞습니다.

자비를 주지 않으면 자비를 받을 수 없습니다

BRYAN STEVENSON

브라이언 스티븐슨 의뢰인들을 만나면서 내가 알게 된 것은 어떤 사람이든지 그가 저지른 가장 나쁜 짓으로 그 사람을 판단하면 안 된다는 것입니다. 내가 그들을 만나는 이유는 그들이 무섭고 끔찍한 사건의 혐의를 받고 있기 때문이죠. 하지만 내가 알게 된 것은 그러한 범죄가 그들의 전부는 아니라는 것입니다. 그들이 저지른 나쁜 행동이 그들의 전부는 아닙니다. 그리고 누가 거짓말을 한다고 해서 그가 단지 거짓말쟁이에 불과한 것은 아닙니다. 남의 것을 훔쳤다 해서 그가 단지 도둑에 불과한 것은 아닙니다. 설령 사람을 죽인다 해서 그가 단지 살인자에 불과한 것은 아닙니다. 정말 공정하고 깨어 있고 동정적인 사회라면 그들의 다른 면들을 살펴보아야 합니다.

오프라 의뢰인들의 삶에서 우리가 가진 인간성에 대해 무엇을 알게 되었나요?

브라이언 스티븐슨 자비는 우리가 다른 사람들에게 베푸는 것이 아니라는 것을 알았습니다. 그들은 자비를 받을 자격이 있습니다. 동정심은 우리가 다른 사람들에게 베푸는 것이 아니고 그들이 마땅히 받아야 하는 것입니다. 우리가 자비를 행해야 하는 이유는 그것이 우리가 자비를 얻을 수 있는 방법이기 때문입니다. 자비를 주지 않으면 자비를 받을 수 없습니다. 동정심을 주지 않으면 동정심을 받을 수 없습니다. 그래서 나는 자비롭고 동정심을 갖기를 원하게 되었습니다. 나를 불편하게 하는 사람, 나에게 적대적인 사람, 때로 나를 미워하는 것처럼 행동하는 사람을 이해하려고 노력하게 되었죠. 나는 살해 위협과 폭탄 위협을 받곤 했지만 그런 위협을 하는 사람들을 단순히 적이라거나 증오심과 편견을 지닌 사람으로만 여기지 않게 되었습니다. 그들 역시 내 의뢰인들과 똑같은 사람들이라는 것을 알았습니다. 그들에게는 그런 멍에, 두려움, 분노, 적대감을 만들어내는 짐을 내려놓게 해줄 사람이 필요합니다.

"나는 ~를 믿는다"라는 문장을 완성해보세요

MALALA YOUSAFZAI

오프라 신념을 지키며 살려면 거의 목숨을 걸어야 한다는데 여기서 궁금한 점이 생깁니다. 당신은 두려워하면 앞으로 나아가지 못한다고 말했죠. 그리고 용기는 우리가 계발할 수 있거나 우리 자신에게 줄 수 있는 거라고요?

말랄라 유사프자이 용기와 두려움 사이에는 갈등이 있습니다. 때로 우리는 자신을 보호하려고 두려움을 선택합니다. 그러나 문제는 두려움을 선택하면 우리 자신에게 아주 나쁜 영향을 주는 상황에 놓이게 된다는 것입니다. 만일 내가 스와트 계곡에서 침묵을 지켰더라면, 아버지도 침묵을 지키고 우리 모두가 침묵을 지켰더라면 우리 계곡은 변화할 수 없었을 겁니다. 그러니 필요할 때에는 소리 높여 말해야 합니다. "나를 위해 무언가를 하겠다." 그러려면 얼마간의 용기가 필요하지요. 그런데 우리의 용기는 두려움보다 강했습니다. 그리고 이것이 우리의 삶을 완전히 바꿔놓았습니다. 두려움도 있지요. 우리 사회에서 일어나는 일과 무관하게 우리가 온전히 지낼 수는 없다는 두려움이 있었습니다. 우리는 두려웠어요.

오프라 그 경험 이후 두려움이 줄어들었나요?

말랄라 유사프자이 그건 분명합니다. 그 공격을 받기 전에는 "공격을 당하면 어떤 느낌일까?"라는 생각이 계속 떠올랐고 때로는 공격을 당할 것이 두려웠죠. 실제로 그런 일이 일어날지 알 수 없었지만 자꾸만 그런 생각이

들었습니다. 그러나 공격을 받고 난 뒤에, UN에서 연설할 때도 말한 것처럼, 내 삶은 아무것도 변하지 않았고 오히려 약함과 두려움, 절망이 사라지고 강함과 힘, 용기가 생겨났습니다. 나는 전보다 강해진 것을 느낍니다.

오프라 그래요, 말랄라. 그러면 "나는 ~를 믿는다"라는 문장을 완성해보세요.

말랄라 유사프자이 마음속에 확고한 다짐이 있고, 마음속에 사랑이 있고, 뭔가를 더 잘하고 싶다는 마음이 있다면 전 세계와 온 우주가 우리와 우리의 대의를 지원한다는 것을 나는 믿으며 확실히 알고 있습니다. 그리고 내겐 한 가지 꿈이 있어요. 모든 아이가 학교에 다니는 걸 보고 싶다는 것입니다. 나는 이러한 꿈을 위해 파키스탄의 작은 계곡 마을 스와트에서 목소리를 높였고 아버지도 목소리를 높였어요. 그렇게 여행이 시작되었고, 지금도 그 여행은 계속되고 있으며 점점 더 나아지고 있고 날이 갈수록 발전하고 있습니다.

살면서 무슨 일을 하든지…
기억할 것은… 더 높이 생각하고
더 깊이 느끼라는 것이다.
삶은 주먹 쥔 손이 아니다.
삶은 손을 펼치고 또 다른 손과
마주잡기 위해 기다리고 있다.
궁극적으로, 그 답은 아주 단순하다.
단순화한 것이 아니라 아주 단순하다.

— 엘리 위젤

나는 왜 여기 있는가?
이것은 모든 행동, 생각, 감정을
동원해서 답해야 하는
중요한 질문이다.
당신의 삶에는 소명이 있다.
그 부름에 대한
당신의 답은 무엇인가?

—*Oprah*

EPILOGUE

에필로그

삶을 충만하게 경험하기 위해서는 삶에 대해
중요한 질문을 하는 것부터 시작해야 한다.
이 책에 실린 지혜로운 말들은 우리 각자가 자신만의 영적 여행의 길을
가고 있다는 사실을 깨우쳐준다. 우리의 영혼은 우리 손의 지문처럼 유일무이하다.
그리고 우리 자신의 가장 깊은 부분에 이르는 여행은 아무도 대신해줄 수 없다.
나는 그 모든 대화에서 위대한 교훈을 얻었고, 우리 자신에 대해 올바른 질문을 한다면
언제라도 답을 얻을 수 있다는 것을 알게 되었다. 나는 어떤 사람이 되고자 하는가?
어떤 사람으로 살면 삶의 모든 측면에서 행복해질 수 있을까?
나는 남아프리카의 오프라 윈프리 리더십 학교를 졸업한 소녀들과 대화할 때
종종 이 문제에 대해 생각한다. 나는 그들이 대학을 졸업할 때까지
지원하는 일을 하고 있고 종종 그곳에 가서 그들의 이야기에 귀를 기울인다.
그때마다 그들은 나에게 이런 질문을 한다.
"무엇을 전공해야 할까요?", "무엇을 하면서 살아야 할까요?"
나는 그들에게 경력이 전부는 아니라고, 우리가 해야 하는 가장 중요한 질문은
"나는 어떤 사람이 될 것인가?"라는 것이라고 말한다. 그리고 이제 나는 당신에게 묻겠다.
"우리 삶의 모든 측면에서 당신은 어떤 사람이 되고자 하는가?"
〈슈퍼 소울 선데이〉에서 나는 초대 손님에게 일련의 '중요한' 질문을 던지는 것으로
대담을 마무리한다. 시간을 내서 당신 스스로에게 같은 질문을 해보기 바란다.
그러면 당신을 위해 준비된 인생의 비전이 펼쳐지고 또한 확장될 것이다.
당신이 평생에 걸쳐 영적 모험을 하면서 깨달음과 사랑,
그리고 무엇보다 자유를 찾게 되길 바란다.

영혼이란 무엇입니까?

◦ 우리의 영혼 안에서는 조용한 음악이 흐르고 있습니다. 우리는 그 조용하고 아름다운 음악에 맞추어 노래를 부를 수 있습니다. 신은 우리가 각자 자신의 노래를 부르기를 원하시죠. 그 노래가 바로 우리의 영혼입니다.

_ 엘리자베스 레서

◦ 영혼은 우리의 마음입니다. 영혼은 인류에 대한 사랑입니다. 우리 자신보다 더 큰 무엇이 있다는 믿음입니다. 우리는 먼저 세상을 떠난 사람들을 생각하며 울기도 하고, 고대 도시의 유적을 돌아보며 그곳에서 우리와 다름없이 생활하고 사랑하고 춤추고 먹고 고민했던 사람들을 생각합니다. 40년, 60년, 80년의 삶을 살다 간 무수히 많은 사람들이 있습니다. 그리고 누구나 영혼을 갖고 있죠. 나는 그들의 집단 영혼을 느낍니다.

_ 다이애나 나이어드

◦ 영혼은 나 자신입니다. 영혼은 당신 자신입니다. 우리 몸은 모든 경험을 할 수 있게 해주고 우리를 발전하게 합니다. 그러나 진정한 우리 자신은 영혼입니다.

_ 아리아나 허핑턴

◦ 영혼은 진정한 우리 자신입니다. 영혼을 갖고 있는 게 아니라, 우리가 영혼이고 몸이 우리가 갖고 있는 것이죠.

_ 인디아 아리

◦ 영혼은 우주 정신의 중심이며 모든 인간의 씨앗입니다.

_ 마크 네포

◦ 영혼은 우주를 비추는 거울입니다.

_ 셰팔리 차바리 박사

◦ 영혼은 그저 하루하루 사는 것 외에 우리 삶에 다른 무언가가 있고, 우리가 여기에 와 있는 목적이 있다는 것을 이해하는 능력입니다.

_ 대니얼 핑크

◦ 영혼은 영원히 죽지 않는 우리의 일부입니다. 영혼은 우리의 핵심에 있는 우리 자신이며, 우리가 배운 모든 교훈과 메시지를 담고 있습니다. 또한 이것을 미래에 전달할 것입니다.

_ 데비 포드

◦ 영혼은 우리의 가장 깊은 내면에 존재합니다. 영혼은 형태 너머에 있습니다. 형태 너머에 있는 의식이 영혼입니다. 영혼은 우리 존재의 본질입니다.

_ 에크하르트 톨레

◦ 영혼은 우리가 가진 신성한 일부입니다. 우리의 신성한 본성입니다. 신과 하나인 우리의 일부입니다. 누구에게나 영혼이 있습니다. 영혼은 불멸하며 우리 자신의 영원한 일부입니다. 영혼은 신에게 속해 있습니다.

_ 루엘린 본-리

◦ 영혼은 애착을 느낍니다. 그래서 누구에게나 소울메이트가 있는 것이죠. 우리는 가족에게, 자식에게, 반려동물에게, 심지어는 물건에도 애착을 느낍니다. 애착을 느낀다는 것은 우리가 영혼이 충만한 삶을 살고 있다는 증거입니다.

_토머스 무어

영성과 종교의 차이는 무엇입니까?

◦ 영성은 두려움 없이 진리를 추구하는 본성입니다. 우리의 일부는 이렇게 묻습니다. 이 나무는 어떻게 만들어졌을까? 나는 누구인가? 나는 어디서 왔나? 어떻게 무에서 유가 만들어졌을까? 나는 죽으면 어디로 가는가? 나는 어떤 삶을 살고 있는가? 나는 어떤 삶을 살아야 하는가? 이러한 질문을 던지는 것이 영성입니다. 영성은 진리를 추구합니다. 진리를 추구하면 두려움이 없어집니다. 종교는 이런 질문에 답을 얻기 위한 노력이고요. 그 답은 위대하고 아름다워야 하지만 그중에는 문제를 일으키는 교리와 규칙도 있습니다. 그래서 '나의 규칙이 당신의 규칙보다 우월하다'고 싸우는 것입니다. 영성은 질문이고 종교는 그 답을 찾기 위한 노력입니다.

_엘리자베스 레서

◦ 영성은 배를 타고 육지를 떠나 더 이상 해안선이 보이지 않는 곳까지 나아가는 것과 같습니다. 그 넓은 바다에 나가면 언제 다시 돌아갈 수 있을지 알 수 없죠. 종

교에 대해 사람들은 다양한 방식으로 이야기합니다. 하지만 근래 종교를 논하는 방식은 불행히도 사람들을 갈라놓는 결과를 가져옵니다. 영성은 종교를 초월하지만 사람들은 종교에 매달려 있습니다. 우리는 종교는 이러저러해야 하고 어느 종교를 믿어야 한다는 경직된 생각에서 벗어나 강물처럼 유연해질 필요가 있습니다. 바위가 아니라 강물이 되어야 해요. 그래야 앞으로 나아갈 수 있습니다.

_ 페마 초드론

◦ 종교는 사람이 신에게 다가가는 과정에서 그 형식과 통일성을 유지하기 위해 만든 규칙과 규제, 의전과 의식입니다. 영성은 우리 영혼 속에 있는 신의 부름입니다.

_ 이얀라 반젠트

◦ 종교는 지도와 같습니다. 우리가 가고 싶은 곳에 어떻게 가야 하는지 알려줍니다. 종교의 역할은 가는 길을 보여주는 것입니다. 그저 지도에 불과합니다. 영성은 순종을 의미합니다. 신에게 모든 것을 맡기는 것이 영성입니다.

_ 마야 안젤루 박사

◦ 종교는 달을 가리키는 손가락입니다. 목적지가 아닙니다. 종교는 그 자체가 달이 아니라 우리가 달을 볼 수 있게 도와주고 달에 도달하라고 요구하는 것입니다.

_ 조앤 치티스터 수녀

◦ 나는 유대의 전통문화와 종교 안에서 성장했습니다. 그러나 나에게 종교는 그 주변의 문화가 더 중요했습니다. 나 자신을 종교적이라기보다 영적이라고 말하는 이유는 종교 안에서 성장했지만 그에 묶여 있지 않다는 뜻입니다. 나는 어디에서나 나의 영성을 발견할 수 있고 발견하고 있다고 생각합니다. 내가 하는 일에

서, 다른 사람에게서, 또한 다른 종교의 교리에서도 영성을 발견합니다.

_ **네이트 버커스**

◦ 종교는 말합니다. "천국으로 가는 길은 하나뿐이다." 하지만 영성은 말합니다. "너에게 기쁨을 주는 길을 선택하라."

_ **사라 밴 브레스낙**

◦ 사람들은 종교를 통해 영성을 발견합니다. 그러나 나는 영성이 예술 작업이라고 생각해요. 우리는 각자 자신의 영성에 대한 영적 이해를 창조할 수 있습니다. 우리는 자신만이 아는 신을 가질 수 있습니다. 기타 연주를 하면서 신을 발견할 수 있습니다. 수영을 하면서 신을 발견할 수 있습니다. 또는 용서를 통해 신을 발견할 수 있습니다. 무엇을 하든지 가능하죠. 내 생각에 종교는 누군가 우리에게 가르쳐주는 것이고 영성은 우리 스스로 배우고 깨우치는 것입니다.

_ **가브리엘 번스타인**

이 세상에서 가장 고질적인 문제는 무엇입니까?

◦ 사람들 사이의 불평등입니다. 출생이나 정해진 신분 때문에 성취나 성공을 위해 노력할 기회조차 박탈당하고 아무것도 할 수 없습니다. 또 다른 문제는 권력과

부를 가진 사람들이 사회적, 경제적, 문화적으로 기득권을 유지하기 위해 압력을 행사하는 것입니다.

_ **지미 카터 대통령**

◦ 우리가 모두 같은 존재라는 사실을 깨닫지 못하는 것이 가장 큰 문제입니다.

_ **숀다 라임스**

◦ 우리 모두가 경험하는 가장 큰 아픔은 어떤 이유에서든지 진정한 우리 자신이 될 수 없다는 것입니다. 그로 인해 우리는 사랑과 보호, 안전과 돈에 매달립니다. 우리 모두에게 정말 필요한 것은 진정한 우리의 본성과 다시 연결되어 감성이든 영성이든 우리가 잃어버린 부분을 되찾는 일입니다.

_ **잭 캔필드**

인종차별은 어디서 비롯되는 것일까요?

◦ 인종차별은 두려움입니다. 모두들 인종차별에 대해 이야기하기를 꺼리죠. 그런 이야기를 하다가 누군가를 인종주의자라고 부르거나 자신이 인종주의자로 불리거나 아니면 말실수를 할까 봐 겁을 내는 거죠. 하지만 대화를 하지 않으면 아무것도 변화시킬 수 없습니다.

_ **숀다 라임스**

◦ 인종차별과 편견의 뿌리는 두려움과 무지입니다. 우리는 너무 무서운 나머지 나는 모른다, 나는 모른다고 말하며 잡아뗍니다. 예를 들면, "빈민가에서 사는 것이 어떤지 나는 모른다", "교외에서 사는 게 어떤 건지 나는 모른다"라고 말하죠. 그러면서 자신이 모른다고 말하는 것을 비방하고 타인에 대한 그릇된 생각을 만들어내는 것입니다.

_ 샤카 상고르

◦ 인종차별의 뿌리는 타인에 대한 그릇된 생각에 있습니다. '우리'와 '그들'로 나누어서 생각하는 것입니다. 우리는 이런 이분법을 일찍부터 배웁니다. 이것은 결핍감과 관계가 있습니다. 우리는 이런 종족이고 저 사람들은 저런 종족이고, 이 사람들은 이렇고 저렇고 하는 생각이죠. 또한 인종차별은 사랑보다 힘을 가져야 한다는 생각에서 비롯됩니다.

_ 셰릴 스트레이드

우리가 인간으로 사는 목적은 무엇입니까?
우리는 왜 여기에 존재할까요?

◦ 우리는 우리 몸과 우주 안에 있는 모든 섬유소와 힘줄 하나까지 무조건적으로 사랑하는 법을 배우기 위해 이곳에 있습니다. 우리 모두가 하나라는 숭고한 이상을 실현하기 위해 여기 있다고 생각합니다. 우리는 분리된 존재가 아닙니다. 이러

한 이상을 믿는 순간, 이러한 이상에 가까이 가는 순간, 우리가 왜 이곳에 있는지 깨닫게 될 것입니다.

_ 티머시 슈라이버

◦ 우리가 떠나온 곳으로 다시 돌아가기 위해서죠. 온전한 존재가 되는 것이 목적입니다.

_ 셰팔리 차바리 박사

◦ 살아 있는 우주와 연결되기 위해서, 그리고 그 속에서 우리 각자가 작은 역할을 하고 있다는 것을 깨닫기 위해서입니다.

_ 루이 슈워츠버그

◦ 우리의 목적은 우리 자신을 알고 스스로에게 더 많은 것을 기대하는 것입니다. 우리 자신을 있는 그대로 이해하고 이상적인 삶에 더 가까이 다가가기를 기대하는 것입니다.

_ 그레천 루빈

◦ 우리가 살아가는 목적은 이 땅에서 인간의 모습으로 영혼을 활짝 꽃피우는 것입니다. 지상에서 천국을 찾는 것이 아니라 천국을 지상에 실현하는 것입니다.

_ 마크 네포

우리가 존재하는
시공간 저 너머에서는
모든 것이 편안하며
앞으로도 편안할 것이라고
나는 믿는다.

—*Oprah*

CONTRIBUTORS

인물 소개

• **가브리엘 번스타인** Gabrielle Bernstein

세계적인 연사이며 뉴욕타임스 베스트셀러 1위에 오른 『우주에는 기적의 에너지가 있다』를 비롯한 5권의 베스트셀러 저자. '차세대를 이끄는 사상가'로 불린다. 최근 저서로 『판단 디톡스』가 있다.

• **게리 주커브** Gary Zukav

(영성 파트너 린다 프랜시스Linda Francis와 같이 출연) 영성 지도자이며 책 네 권이 연달아 뉴욕타임스 베스트셀러가 되었다. 대표작 『영혼의 의자』는 성격과 영혼의 정렬을 인생의 완성으로 인식하게 하는 길을 안내하고 수많은 사람들에게 영감을 주고 있다. 이 책은 33회나 뉴욕타임스 1위 베스트셀러에 올랐으며 지금까지 3년째 베스트셀러 목록에 올라 있다. 아내이자 영성 파트너인 린다 프랜시스와 함께 Seat of the Soul Institute를 설립해서 세계인들이 진정한 능력을 가질 수 있도록 돕는 일에 헌신하고 있다.

• **그레천 루빈** Grechen Rubin

여러 권의 책을 저술했으며 그중 『나는 오늘부터 달라지기로 결심했다』, 『지금부터 행복할 것』, 『집에서도 행복할 것』은 뉴욕타임스 베스트셀러가 되었다. 최근 『The Four Tendencies』를 출간했다. 블로그와 팟캐스트 〈Happier with Gretchen Rubin〉을 진행하고 있다.

• **글레넌 도일 멜턴** Glennon Doyle Melton

뉴욕타임스 베스트셀러이자 오프라 북클럽 선정작인 『Love Warrior』, 뉴욕타임스 베스트셀러 『Carry On, Warrior』의 작가. 미국에서 널리 강연을 다니고 블로그 Momastery를 운영하며 온라인으로 매주 수백만 명과 만나고 있다.

• **글로리아 스타이넘** Gloria Steinem

작가, 강연자, 정치활동가, 여성운동가. 세계를 여행하며 성 평등 문제에 대해 이야기하고 있다. 뉴욕 매거진의 공동 창업자이며, Ms. 매거진 창업자다. 'National Women' Political Caucus' 설립자 중 한 명이다. 최근에는 워싱턴에서 열린 'Women's March'에 참가해서 연설을 했으며 『My Life on the Road』를 출간했다.

• **네이트 버커스** Nate Berkus

23세에 디자인 회사를 설립해 각종 상을 휩쓴 인테리어 디자이너. 접근하기 쉽고 품격을 갖춘 디자인 철학으로 전 세계의 공간들을 변모시켜왔다. 수많은 홈컬렉션을 성공적으로 탄생시켰으며 TV 쇼에 출연하고 있다. 뉴욕타임스 선정 베스트셀러 작가이기도 하다.

• **노먼 리어** Normal Lear

작가, 제작자, 감독. 전설적인 TV 쇼 〈All in the Family〉, 〈Good Times〉, 〈Sanford and Son, The Jeffersons〉, 〈Maude〉 등 다수의 쇼를 제작했다. 헌법이 보장하는 자유의 침해를 감시하는 비영리기구 'People for the American Way'와 USC의 애넌버그 커뮤니케이션대학원의 노먼리어연구소를 설립했다. 2014년 10월 회고록 『Even This I Get to Experience』를 출간했다.

• **다이애나 나이어드** Diana Nyad

2013년 62세의 나이에 쿠바에서 플로리다까지 최초로 상어 막이 장치 없이 헤엄을 쳐서 횡단했다. 아바나에서 키웨스트까지 111마일을 53시간 동안 논스톱으로 수영하는 기록을 세웠다. 1970년대에는 남녀 통합 최단 시간에 맨해튼 섬을 돌아왔으며 다른 오픈 워터 기록도 보유하고 있다. 이후 30년간 National Public Radio를 비롯한 매체에서 스포츠 방송 진행자로 활약해왔다. 4권의 책을 저술했으며 최근에 회고록 『Find a Way』를 출간했다. 쿠바 수영 원정대 리더였던 보니 스톨Bonnie Stoll과 함께 미국 역사상 최대 규모의 걷기대회 EverWalk.com을 출범했다.

• **대니얼 골먼** Daniel Goleman

세계적인 심리학자로 전문가 그룹, 회사원들, 대학생을 대상으로 종종 강연을 한다. 그의 획기적인 책 『EQ감성지능』은 1년 반 동안 뉴욕타임스 베스트셀러 목록에 올랐으며 전 세계적으로 5백만 부 이상 팔렸다. 최근 저서로 『A Force for Good』이 있다.

• **대니얼 핑크** Daniel Pink

비즈니스, 일, 행동에 관한 책을 저술했고 『새로운 미래가 온다』, 『파는 것이 인간이다』, 『드라이브』, 『언제 할 것인가』가 뉴욕타임스 베스트셀러가 되었다. 뉴욕타임스, 하버드 비즈니스리뷰, 더뉴리퍼블릭, 슬레이트 등의 간행물에 에세이와 기사를 기고한다. '동기부여의 과학'에 관한 그의 TED 강연은 조회수 1천9백만을 기록해서 시청률이 가장 높은 TED 10대 강연이 되었다.

• **데비 포드** Dabbie Ford

2013년 사망하기까지 세계적인 개인 변화 전문가이자 인간의 어두운 면을 현대 심리학과 영성 수련으로 연결해서 연구한 선구자였다. 뉴욕타임스 베스트셀러 작가로 『그림자, 그리고』, 『혼자 걷다』, 『착하다는 사람이 왜 나쁜 짓 할까?』를 포함한 9권의 책을 저술했다.

• **데이비드 브룩스** David Brooks

미국의 유명 작가이자 해설가. 뉴욕타임스의 사설 기고자이며 PBS의 'NewsHour'와 'Meet the Press'에 정기적으로 출연한다. 베스트셀러 『인간의 품격』, 『소셜 애니멀』, 『보보스는 파라다이스에 산다』를 썼다.

• **돈 미겔 루이즈** Don Miguel Ruiz

영성 지도자. 저서 『네 가지 약속』은 미국에서 650만 부가 팔렸으며 40개 언어로 번역되었다. 이 책은 뉴욕타임스 베스트셀러에 10년 이상 올랐으며 2017년 출판 20주년을 맞았다. 최근 저서로 『The Mastery of Self: A Toltec Guide to Personal Freedom』, 『The Toltec Art of Life and Death: Living Your Life as a Work of Art』가 있다.

• **데번 프랭클린** Devon Franklin

수상 경력이 있는 제작자, 베스트셀러 작가, 전도사, 동기부여 연사. 역동적인 멀티미디어 연예기획사 Franklin Entertainment의 대표이자 CEO. 최근 영화 『Miracles From Heaven』을 제작했으며 아내 메건 굿Meagan Good과 공저한 『The Wait』는 뉴욕타임스 베스트셀러가 되었다. 최근 출간한 『The Hollywood Commandments: A Spiritual Guide to Secular Success』의 일부는 그의 데뷔작 『Produced by Faith』의 주제를 담고 있다.

• **디팩 초프라** Deepak Chopra

통합의료 분야와 개인 변화를 선도하는 개척자로 세계

적인 명성을 갖고 있다. 초프라재단을 설립했고 Jiyo.com과 Chopra Center for Wellbeing을 공동 설립했다. 85권의 책을 저술했으며 다수가 뉴욕타임스 베스트셀러가 되었다. 『디팩 초프라의 부모 수업』, 『디팩 초프라의 완전한 삶』, 『디팩 초프라의 완전한 행복』 등을 출간했다.

• **람 다스** Ram Dass

미국에서 가장 사랑받는 영성 지도자로서 1968년부터 사랑의 봉사, 조화로운 비즈니스, 웰다잉 등을 촉구하고 있다. 『Be Here Now』(1971)는 행복에 관한 동서양의 영성 철학이 만난 책으로 평가받고 있다. 현재 마우이에 거주하며 RamDass.org를 통한 교육과 한 해 걸러 열리는 수련회를 통해 가르침을 전파한다. 최근 저서로 『Be Love Now』, 『Polishing the Mirror: How to Live from Your Spiritual Heart』가 있다.

• **레인 윌슨** Rainn Wilson

배우, 작가, 미디어와 제작사 SoulPancake의 공동 창업자. 에미상을 수상한 NBC 프로그램 〈오피스〉에서 드와이트 슈루트Dwight Schrute 역으로 출연했다. Mona Foundation의 이사이며 Lidè 재단의 공동 설립자로 아이티의 지방에 교육을 장려하고 공예품 제작으로 위험에 처한 젊은 여성들에게 도움을 주고 있다. 저서 『Bassoon King』이 있다.

• **롭 벨** Rob Bell

뉴욕타임스 베스트셀러 『Love Wins』, 『What We Talk About When We Talk About God』, 『The Zimzum of Love』(아내 크리스틴Kristen과 공저)의 저자. 최근작으로는 『What is the Bible?』가 있다. 그가 진행하는 '롭캐스트RobCast'는 영성 팟캐스트 1위에 올랐다. 2014년 오프라 윈프리의 'Life You Want Tour'에 특별 연사로 출연했다. 아내와 세 자녀와 함께 LA에 살고 있다.

• **루이 슈워츠버그** Louie Schwartzberg

영화 촬영 기사, 감독, 연출가로 40년 이상 일했다. 저속 촬영, 고속 촬영, 매크로 촬영 기법으로 숨 막히게 아름다운 이미지로 생명을 찬미하고 자연과 사람의 신비를 보여주는 이야기를 하고 있다. 그가 만든 영화로는 DisneyNature 사의 〈Wings of Life〉, 내셔널 지오그래픽 사의 3D 영화 〈Mysteries of the Unseen World〉 등이 있다.

• **루엘린 본-리** Llewellyn Baughan-Lee

수피교 지도자. 작가. 최근에는 주로 세계가 위기에 처한 현실에서의 영적인 책임, 세계는 하나라는 의식에 초점을 맞춘 강연과 글쓰기를 하고 있다. 여성성과 영적 생태학에 관한 글을 써왔다. 최근 저서로 『Spiritual Ecology: 10 Practices to Reawaken the Sacred in Everyday Life』가 있다.

• **리처드 로어 신부** Father Richard Rohr

교파를 초월한 스승으로 세계적으로 명성이 높으며 뉴멕시코의 알부커크에 Center for Action and Contemplation를 설립했다. 명상과 자기비움을 수행하는 것을 기본으로 하며 특히 사회적으로 소외된 사람들에 대한 철저한 동정심을 강조하고 있다. 여러 권의 책을 썼으며 최근 저서로 『The Divine Dance: The Trinity and Your Transformation』이 있다.

• **린 트위스트** Lynne Twist

40년 이상 빈곤 퇴치, 기아 종식, 사회정의 지지, 지속가능한 환경을 위해 헌신해온 세계적인 비저너리로 평가받고 있다. 저서 『The Soul of Money: Transforming

Your Relationship with Money and Life』는 호평을 받고 2017년에 재출간되었다.

• **마리 폴레오** Marie Forleo

오프라 윈프리가 차세대 사상가로 지목했으며, 《Inc.》지는 Marie Forleo International을 빠르게 성장하는 500개 기업으로 선정했다. 사람들이 자신의 재능을 세상을 바꾸는 데 사용하도록 돕는 것을 사명으로 생각한다. 온라인 쇼 MarieTV의 창업자로 상을 수상했으며 팟캐스트를 통해 195개국에 팬을 확보하고 있다. 'Change Your Life, Change The World initiative'를 통해 상품을 판매해서 불우 이웃을 지원하고 있다.

• **마스틴 킵** Mastin Kipp

베스트셀러 『Daily Love: Growing into Grace』의 저자. 오프라 윈프리가 '차세대 영성 사상가'로 인정한 바 있다. 토니 로빈스, 에크하르트 톨레, 디팩 초프라, 브레네 브라운 등과 함께 오프라의 슈퍼 소울 100인으로 선정되었다. 전 세계를 다니며 세미나와 수련회를 개최하며 지금까지 100개국 이상에서 2백만 명이 참가했다.

• **마야 안젤루 박사** Dr. Maya Angelou

시인, 민권운동가. 1970년에 출간된 자서전 『새장에 갇힌 새가 왜 노래하는지 나는 아네』는 문학사상 최초로 아프리카계 미국 여성이 쓴 논픽션 부문 베스트셀러가 되었다. 2014년 사망하기 전까지 서른여섯 권의 책을 썼다. 2010년 미국 대통령 자유 훈장을 받았다.

• **마이클 버나드 벡위스** Michael Bernard Beckwith

초교파 단체 Agape International Spiritual Center의 설립자이며 영성 지도자. 명상 교사, 연사, 세미나 지도자로 활동하고 있다. 많은 저서들이 그가 정립한 변화 지향의 'Life Visioning Process'에 초점이 맞추어져 있다. 『Spiritual Liberation and Life Visioning: A Transformative Process for Activating Your Unique Gifts and Highest Potential』을 비롯해서 여러 권의 베스트셀러를 썼다.

• **마이클 싱어** Michael Singer

뉴욕타임스 베스트셀러 1위 『상처받지 않는 영혼』의 작가. 1975년 요가와 명상 센터인 'Temple of the Universe'를 설립. 의료 관리 산업을 변화시킨 첨단 소프트웨어 패키지의 개발자이기도 하다. 최근 저서로 『될 일은 된다』가 있다.

• **마크 네포** Mark Nepo

시인, 철학자. 40년 넘게 시, 영성, 내면의 변화 여행, 인간관계 등을 가르쳐왔다. 저서 『고요함이 들려주는 것들』은 뉴욕타임스 베스트셀러 1위에 올랐다. 최근 저서로 『The One Life We're Given』, 『The Way Under the Way』, 『Things That Join the Sea and the Sky: Field Notes on Living』이 있다.

• **말랄라 유사프자이** Malala Yousafzai

2012년 15세에 하굣길에 집으로 가는 버스 안에서 머리에 총을 맞고 살아난 후에 세계인들에게 희망의 상징이 되었다. 그 이후로 여성교육 운동가로 활동하고 있으며 최연소 노벨평화상 수상자가 되었다. 『나는 말랄라』는 세계적인 베스트셀러가 되었다.

• **메리앤 윌리엄슨** Marianne Williamson

세계적인 영성 작가이자 연사. 열두 권의 책을 썼는데 그중 일곱 권이 뉴욕타임스 베스트셀러에 올랐다. 『A Return to Love』는 오늘날 영성 분야에서 가장 영향력 있는 저서로 평가받고 있다. 1989년 Project Angel Food를 설립하여 LA 지역에서 에이즈 환자들을 위한 급식 프로그램을 운영하고 있으며 지금까지 천만 끼니 이상을 제공했다. 2016년 『Tears to Triumph』를 출간했다.

• **메건 굿** Megan Good

수상 경력이 있는 배우이자 제작자. 젊은 여성들의 자기계발을 돕는 Greater Good Foundation의 공동 설립자. 남편 데번 프랭클린과 같이 쓴 『The Wait』가 뉴욕타임스 베스트셀러에 올랐다.

• **브라이언 스티븐슨** Bryan Stevenson

변호사, 사회정의 운동가, 연사, 'Equal Justice Initiative'의 설립자이자 대표, 뉴욕대학교 법학 전문대학원의 겸임교수다. 『월터가 나에게 가르쳐준 것』은 2014년에 타임지 선정 논픽션 부문 10대 도서에 올랐다.

• **브레네 브라운** Brené Brown

휴스턴대학의 연구교수이자 사회복지학 대학원의 허핑턴 브레네 브라운 석좌교수. 지난 15년간 용기, 취약성, 수치심, 동정심에 관한 연구를 해왔으며 뉴욕타임스 1위 베스트셀러 『불완전함의 선물』, 『마음가면』, 『라이징 스트롱』을 집필했다. 2010년 그가 출연한 TED×Houston 강연 〈The Power of Vulnerability〉은 전 세계적으로 최다 조회수를 기록한 5대 TED 강연에 속한다.

www.brenebrown.com

• **사라 밴 브레스낙** Sarah Ban Breathnach

베스트셀러 작가, 자선가, 대중 연사. 13권의 책을 썼으며 그중 『혼자 사는 즐거움』은 5백만 부 이상 팔렸고 뉴욕타임스 베스트셀러 목록에 2년 이상 올랐으며 1년간 1위 자리를 지켰다. 『Peace and Plenty: Finding Your Path to Financial Serenity』의 저자이며 『Starting Over: Discovering the Spiritual Moxie of Your Swell Dame to Begin Again』이 출간 예정이다.

www.sarahbanbreathnach.com

• **샤카 상고르** Shaka Senghor

2급 살인죄로 19년 형을 받아 복역하는 동안 글쓰기, 명상, 자기반성, 사람들의 호의를 통해 구원을 받았다고 말한다. 그는 이를 계기로 자신을 다치게 한 사람들을 용서하고 자신이 저지를 잘못을 속죄할 수 있었다. 뉴욕타임스 베스트셀러가 된 회고록 『Writing My Wrongs: Life, Death, and Redemption in an American Prison』은 많은 사람들에게 감동을 주었으며, 감옥과 대량 투옥에 관한 쟁점을 변화시킨 작품으로 다수의 상을 받았고 현재 여러 단체에서 활동하고 있다.

• **셰릴 스트레이드** Cheryl Strayed

저서 『와일드』가 뉴욕타임스 1위 베스트셀러가 되었고 오프라 윈프리 북클럽에 선정되었으며 영화로도 제작되어 리스 위더스푼이 오스카 여우주연상 후보로 지명되었다. 『안녕, 누구나의 인생』, 『그래, 지금까지 잘 왔다』, 소설 『Torch』는 뉴욕타임스 베스트셀러가 되었다. 〈Dear Sugar Radio〉의 공동 진행자이며, 베스트아메리칸에세이, 뉴욕타임스, 워싱턴포스트, 보그 등에 에세이를 쓰고 있다.

• **셰팔리 차바리 박사** Dr. Shefali Tsabary

뉴욕타임스 베스트셀러 『The Conscious Parent』, 『아이만큼 자라는 부모』의 작가. 오프라 윈프리는 이 두 책을 가장 감명 깊게 읽은 육아서라고 극찬했다. 임상심리학자로서 동양의 마음챙김과 서양의 심리학을 융

합한 방법으로 환자들의 변화를 유도한다. 자신에게 주어진 소명은 아이들을 양육하는 방법을 혁신하고 그를 통해 세상을 치유하는 것이라고 말한다.

- **숀 아처** Shawn Achor

하버드대학 행복 연구원, 저술가, 긍정심리학 연사. 뉴욕타임스 선정 베스트셀러 『행복을 선택한 사람들』, 『행복의 특권』, 『빅 포텐셜』의 저자. 2007년 GoodThinkInc.를 설립했으며 이후 아내 미셸 길란Michelle Gielan과 함께 The Institute for Applied Positive Research를 설립했다. 최근 제니퍼 모스와 『Unlocking Happiness at Work: How a Data-driven Happiness Strategy Fuels Purpose, Passion and Performance』를 출간했다.

- **숀다 라임스** Shonda Rhimes

에미상 수상 제작자. TV 시리즈 〈그레이 아나토미〉, 〈프라이빗 프랙티스〉, 〈스캔들〉을 제작했다. 그 밖에도 〈하우 투 겟어웨이 위드 머더〉, 〈더 캐치〉 등을 제작했으며, LA에 제작사 Shondaland를 설립하고 그곳에서 세 딸과 함께 살고 있다. 뉴욕타임스 베스트셀러 『1년만 나를 사랑하기로 결심했다』의 저자이다.

- **수 몽크 키드** Sue Monk Kidd

2002년에 출간한 처녀작 『벌들의 비밀 생활』은 2년 반 이상 뉴욕타임스 베스트셀러 목록에 올랐으며 나중에 영화로 제작되었다. 2014년에 출간한 『The Invention of Wings』은 뉴욕타임스 베스트셀러 1위에 올랐고 오프라 북 클럽 2.0에 선정되었다.

- **아디야샨티** Adyashanti

영성 지도자, 작가, 연사이자 온라인 교육 강사. 미국과 해외에서 수련회를 열었다. 1996년 아내 무크티Mukti와 비영리단체 Open Gate Sangha Inc.를 설립해 가르침을 전파하고 있다. 저서로 『The Way of Liberation』, 『Resurrecting Jesus』, 『Falling into Grace』, 『The End of Your World』 등이 있다. 최근 존 버니와 『The Unbelievable Happiness of What Is』를 출간했다.

- **아리아나 허핑턴** Arianna Huffington

허핑턴포스트의 창업자이며 스라이브 글로벌Thrive Global의 창업자이자 CEO. 저서 『제3의 성공』는 뉴욕타임스 베스트셀러 1위에 올랐다. 수면의 과학, 역사, 신비를 다룬 최근작 『수면 혁명』 또한 세계적인 베스트셀러가 되었다.

- **알리 맥그로** Ali Macgraw

배우, 모델, 작가, 영성 구도자이자 동물권리운동가. 1970년 출연한 영화 〈Love Story〉로 아카데미상 여우주연상 후보에 올랐고 골든 글로브 여우주연상을 수상했다. 〈Getaway〉(1972), 〈Convoy〉(1978) 등 흥행작에 출연했으며, 1991년 자서전 『Moving Pictures』을 출간했다.

- **앤 라모트** Anne Lamott

소설가이며 논픽션 작가. 『쓰기의 감각』, 『나쁜 날들에 필요한 말들』, 『가벼운 삶의 기쁨』, 『우리를 살아가게 하는 것들』, 『플랜 B』 등이 뉴욕타임스 베스트셀러가 되었다. 구겐하임 문학상을 수상했으며, 최근 저서로 『Hallelujah Anyway』가 있다.

- **에드 베이컨 목사** Reverend Ed Bacon

21년간 미국 서부에서 최대 성공회 교구인 로스앤젤레스 All Saints Church의 사제이며 목사를 지냈다. 게

이의 권리와 결혼을 옹호하는 대변자이며 저서로 『8 Habits of Love: Open Your Heart, Open Your Mind』가 있다.

• **에이미 퍼디** Amy Purdy

여성 장애인 스노보더로 월드컵에서 세 차례 금메달을 받고 2014년 패럴림픽에서 동메달을 받았다. 청소년과 부상으로 인한 신체장애를 가진 제대 군인들이 스포츠에 참여하도록 도와주는 비영리기구 Adaptive Action Sports 설립. TV 프로그램 〈Dancing with the Stars〉의 18 시즌에 출연해서 결선에 올랐다. 회고록 『스노보드 위의 댄서』가 뉴욕타임스 베스트셀러가 되었다.

• **에크하르트 톨레** Eckhart Tolle

영성 지도자, 저술가. 독일에서 태어나 런던대학교와 캠브리지대학교에서 수학했다. 뉴욕타임스 베스트셀러 1위에 오른 『지금 이 순간을 살아라』와 후속작 『삶으로 다시 떠오르기』는 영성에 관한 명저로 평가받고 있다.

• **엘리 위젤** Elie Wiesel

루마니아 태생으로 1944년 15세 때 가족과 함께 폴란드의 아우슈비츠 수용소에 수감된 후 부켄발트 수용소로 옮겨졌다가 1945년에 풀려났다. 가족 중에 그의 두 여동생만 살아남았다. 2016년 사망하기 전에 아내 마리온 위젤과 함께 Elie Wiesel Foundation for Humanity를 설립했으며 60권 이상의 소설과 논픽션을 저술했다. 문학적 성취와 인권을 위해 노력한 공적으로 노벨평화상, Presidential Medal of Freedom, US Congressional Gold Medal, National Humanities Medal 등을 수상했다.

• **엘리자베스 길버트** Elizabeth Gilbert

2006년에 출간된 회고록 『먹고 기도하고 사랑하라』가 전 세계에 삶의 목적에 관한 토론을 불러오면서 30개 이상의 언어로 번역되었고, 천만 부 이상이 팔렸다. 그 이후로 여러 권의 책을 썼고 최근 『빅매직』을 출간했다. 자전적 이야기, 개인적 성장과 행복에 대한 통찰을 들려주는 연사로 인기가 높다.

• **엘리자베스 레서** Elizabeth Lesser

건강, 복지, 영성, 창조성에 역점을 두는 미국 최대 성인교육 연구소 Omega Institute의 공동 설립자이며 수석 고문. 뉴욕타임스 베스트셀러 『부서져야 일어서는 인생이다』의 저자. 최근 누이동생 매기에게 골수 이식을 한 뒤에 동생과 함께한 영성 여행에 관한 회고록 『Marrow: A Love Story』를 출간했다.

• **웨스 무어** Wes Moore

로즈 장학생, 재향군인, 기업가이자 뉴욕타임스 베스트셀러 『The Other Wes Moore』, 『The Work』의 작가다. BridgeEdU를 설립하여 대학 신입생들에게 보다 나은 교육과 취업 준비를 위한 기회를 제공하고 있다.

• **웨인 다이어** Wayne Dyer

3500만 부가 팔린 베스트셀러 『행복한 이기주의자』의 작가. 40여 년간 활동하면서 40권 이상의 책을 썼으며 그중 21권이 뉴욕타임스 베스트셀러가 되었다. 2015년 사망하기 전까지 강연, 오디오 테이프, PBS 프로그램, 책 등을 통해 지속적으로 메시지를 전파했다.

• **윈틀리 핍스 목사** Pastor Wintley Phipps

세계적인 가수이며 목사, 동기부여 연사. 『Your Best Destiny: Becoming the Person You Were Created to

Be』의 작가. 어린이들에게 생산적이고 충만한 삶을 살아가기 위한 능력과 비전을 제공함으로써 세대 간의 단절을 허무는 것을 목적으로 하는 방과 후 프로그램 'US Dream Academy'을 설립해서 운영하고 있다.

• **이얀라 반젠트** Iyanla Vanzant

행복 전도사. 뉴욕타임스 베스트셀러 작가. 브루클린 프로젝트에서 NAACP Image Award 수상. 대중 연사이자 영성 생활 코치로 사회 활동에 활발하게 참여하고 있으며 OWN의 〈Fix My Life 'Iyanla'〉 프로그램의 제작자이자 진행자로 믿음, 권익, 애정 관계에 초점을 맞추고 전 세계인들에게 영감을 주고 있다. 뉴욕타임스 베스트셀러 6권을 포함 19권의 책이 23개 언어로 번역되었다. 합리적인 접근과 "자신을 사랑함으로써 삶을 향상하라"는 메시지로 자기 발견을 촉구한다.

• **인디아 아리** India Arie

가수, 작사가, 배우, 뮤지션. 그래미상 4회 수상. 세계적으로 천만 장 이상의 앨범이 팔렸다.

• **자이나브 살비** Zainab Salbi

인도주의자, 작가, 방송인으로 여성의 인권과 자유를 위해 헌신했다. 23세에 전쟁에서 생존한 여성들을 돕기 위한 풀뿌리 인권 단체 'Women for Women International'을 설립했다. 여러 권의 책을 저술했으며 『Between Two Worlds: Escape from Tyranny: Growing Up in the Shadow of Saddam』는 베스트셀러가 되었다. 〈The Nida'a Show〉의 제작자이자 진행자이며 뉴욕타임스와 제휴하여 Women in the World에서 편집자로 일하고 있다.

• **재닛 모크** Janet Mock

작가, TV 사회자, 변호사. 회고록 『Redefining Realness』을 출간해 2014년 베스트셀러 목록에 올랐다. 인기 연사로 워싱턴에서 열린 〈Women's March〉에서 사람들에게 큰 공감을 얻은 연설을 했다. 크로스 플랫폼 스토리텔러로 HBO의 〈The Trans List〉를 제작했다. 최근 저서로 『Surpassing Certainty: What My Twenties Taught Me』가 있다.

• **잭 캔필드** Jack Canfield

대중의 사랑을 받은 『영혼을 위한 닭고기 수프』 시리즈의 창시자. 성공의 공식을 가르쳐왔으며 지금은 자신의 가르침을 전파할 훈련 교사들을 양성하고 있다. 베스트셀러 『석세스 프린서플』을 포함, 150권 이상의 저서를 단독 또는 공동으로 집필했다. 뉴욕타임스 베스트셀러 목록에 동시에 가장 많은 책이 올라간 작가로 기네스 세계 기록을 보유하고 있다.

• **잭 콘필드** Jack Kornfield

태국, 인도, 버마 등지에서 불교 승려로 수행을 했다. 1974년부터 명상을 가르치기 시작해서 서양에 불교의 마음챙김 수련을 소개하는 중요한 교사들 중 한 명이 되었다. 『처음 만나는 명상 레슨』, 『아잔 차 스님의 오두막』, 『깨달음 이후 빨랫감』을 포함해서 15권의 책을 저술했다.

• **제프 와이너** Jeff Weiner

세계적인 전문가 네트워크 링크드인LinkedIn의 CEO. 링크드인은 2008년 12월에 합류한 그의 리더십 아래 초고속 성장을 거듭해서 전 세계 24개 언어로 플랫폼이 만들어졌고 30개 이상의 지사와 4억 6천7백만 명이 넘는 회원수를 확보하고 있다. LinkedIn 외에도 Intuit Inc.와 DonorsChoose.org의 이사직을 맡고 있다. 펜실

베이니아대학 와튼 경영대학원을 졸업했다.

• 조앤 치티스터 수녀 Sister Joan Chittister

40년간 평화, 인권, 여성 문제, 교회 개혁을 위해 열정적으로 헌신해왔다. 펜실베니아주 에리의 베네딕트 교단의 수녀로서 세계적인 연사, 상담가, 50권 이상을 저술한 베스트셀러 작가이기도 하다. 저서로 『모든 일에는 때가 있다』, 『무엇을 위해 아침에 일어나는가』가 있다. National Catholic Reporter의 온라인 칼럼과 허핑턴포스트의 블로그에 글을 쓰고 있다. UN의 협력단체 'Global Peace Initiative of Women'의 공동 의장이다.

• 조엘 오스틴 Joel Osteen

미국에서 신도가 가장 많은 텍사스 휴스턴의 레이크우드 교회의 담임 목사. 그의 TV 메시지는 미국에서 매주 천만 명 이상, 미국 외의 100개 국가에서 백만 명 이상이 시청한다. 24시간 운영하는 시리우스 XM 위성 라디오와 소셜미디어를 통해 세계적으로 가장 영향력 있는 기독교 지도자로 알려져 있다. 8권의 뉴욕타임스 베스트셀러를 집필했으며 『긍정의 힘』, 『행복의 힘』, 『잘되는 나』를 출간했다.

• 존 그레이 목사 Pastor John Gray

현재 조엘 오스틴 목사가 담임 목사로 있는 텍사스주 휴스턴의 Lakewood Church의 부목사. 저서로 『I Am Number 8: Overlooked and Undervalued, but Not Forgotten by God』가 있고 현재 가족과 함께 OWN의 다큐멘터리 시리즈 〈The Book of John Gray〉에 출연하고 있다.

• 존 카밧진 Jon Kabat Zinn

세계적인 과학자, 작가, 명상 교사. 매사추세츠의대 명예교수로 그곳에 세계적으로 유명한 마음챙김 기반의 스트레스 경감 진료소Mindfulness-Based Stress Reduction와 의료, 건강, 사회 분야의 마음챙김 연구소Center for Mindfulness in Medicine, Health Care, and Society를 설립했다. 베스트셀러 『존 카밧진의 왜 마음챙김 명상인가?』, 『마음챙김 명상과 자기치유』 등 여러 권의 책을 저술했다.

• 지닌 로스 Geneen Roth

인기 있는 대중 연사이며 9권의 책을 썼다 『Lost and Found』, 『When Food Is Love』 뉴욕타임스 베스트셀러에 오른 『Women Food and God』, 『가짜 식욕이 다이어트를 망친다』를 저술했다. 최초로 폭식과 반복되는 다이어트의 원인을 음식, 체중, 몸매가 아닌 개인적이고 영적인 문제와 연결했다.

• 지미 카터 대통령 President Jimmy Carter

1977년부터 1981년까지 미국 대통령 역임. 1982년부터 조지아주 애틀랜타에 있는 에모리대학교의 종신교수를 역임했다. 카터 센터Carter Center를 설립하여 전세계적으로 분쟁 해결, 민주주의 증진, 인권 보호, 질병 예방 운동에 주력하고 있다. 2002년 노벨 평화상을 수상. 조지아주 플레인스에 있는 마라난타 침례교회의 주일학교 교사이며 집사이기도 하다. 25권의 책을 집필했으며 최근 저서는 2015년에 출간된 『지미 카터: 구순 기념 회고록』이다.

• 질 볼트 테일러 박사 Dr. Jill Bolte Taylor

하버드에서 수학한 신경해부학자. 비영리기구 JBT Brains를 설립하여 인지 향상을 위한 교육과 촉진 프로그램을 제공하고 있다. 하버드 뇌조직 연구센터의 대변인이며 National Alliance on Mental Illness 정신질환 연합회의 정회원. 회고록 『나는 내가 죽었다고 생각했습니다』가 뉴욕타임스 베스트셀러가 되었다.

• **캐롤라인 미스** Caroline Myss
뉴욕타임스 베스트셀러에 다섯 차례 저서를 올린 작가이며, 인간 의식, 영성, 신비주의, 건강, 에너지 의학, 의학적 직관 등의 분야에서 저명한 연사. 대표작 『Anatomy of the Spirit』는 150만 부 이상 팔렸다. 최근 저서로 『Archetypes: Who Are You?』가 있다.

• **토니 로빈스** Tony Tobbins
베스트셀러 작가, 기업가, 자선사업가. 40년 넘게 온정과 유머, 비즈니스에서의 개혁, 개인적 발달사로 사람들에게 감동을 주고 있다. 미국 최고의 '인생과 사업 전략가'로 세계적인 육상 선수, 연예인, CEO, 국가 지도자들에게 코치를 해달라는 요청을 받는다. Feeding America와 제휴하여 지난 2년간 음식을 필요로 하는 사람들에게 2억 끼니가 넘는 음식을 제공해왔으며 2025년까지 10억 끼니를 제공하는 것을 목표로 하고 있다. 플로리다 팜비치에서 아내 세이지 로빈스Sage Robbins와 살고 있다.

• **토머스 무어** Thomas Moore
베스트셀러 『영혼의 돌봄』을 비롯해 영성과 영혼에 관한 15권의 책을 저술했다. 수도사, 음악가, 대학 교수, 심리치료사이자 최근에는 통합의학, 영성, 심리 요법, 예술 등에 관한 강연도 하고 있다. 시라큐스대학교에서 종교학으로 문학박사 학위를 받았으며 블로그 Patheos.com에 정기적으로 글을 올리고 있다. 최근 저서로 『Ageless Soul: Living a Full Life with Joy and Purpose』가 있다.

• **트레이시 모건** Tracy Morgan
배우, 코미디언. 〈Saturday Night Live〉와 에미상을 받은 TV 시트콤 〈30 Rock〉에 출연. 2014년의 대형 교통사고로 혼수상태가 되었다가 깨어난 후 '저승에 갔다가 돌아온' 경험으로 인해 영원히 변화되었다고 말했다.

• **트레이시 잭슨** Tracey Jackson
작가, 블로거, 시나리오 작가, 영화 감독, 제작자. 두 권의 책과 장편 시나리오 여러 편을 썼다. 그래미상 수상 작사가 폴 윌리엄스Paul Williams와 공저한 『습관의 감옥』이 베스트셀러가 되었다. 이 책에는 폴이 24년간 시달린 중독에서 회복하는 과정과 거기서 얻은 깨달음, 트레이시의 평생에 걸친 평화 탐구의 과정과 삶의 도전을 극복하는 일과가 함께 담겨 있다.

• **T. D. 제이크스 주교** Bishop T. D. Jakes
댈러스에 있는 인도주의 단체이자 3만 명의 신자가 소속돼 있는 Potters' House의 수석 목사. 그가 제작한 TV 프로그램 〈The Potter' Touch〉는 매달 6천7백만의 가정이 시청하고 있고, 베스트셀러 『Woman Thou Art Loosed』는 영화로 제작되었다. 저서 중 7권이 뉴욕타임스 베스트셀러에 올랐고 최근 저서로 『Destiny: Step Into Your Purpose』가 있다.

• **티머시 슈라이버** Timothy Shriver
사회운동가, 교육자, 작가. 스페셜 올림픽 위원장의 자격으로 169개국의 5천3백만 명이 넘는 스페셜 올림픽 선수들과 통합 스포츠 참가자들을 지원하고 있다. 저서 『Fully Alive: Discovering What Matters Most』는 지적 장애인들의 인생을 바꾸는 경험과 그들의 능력에 대한 이야기로 독자들에게 인생에서 무엇이 중요한지를 생각하게 한다.

• **틱낫한** Thick Nhat Hanh
선사, 영성 지도자, 시인, 평화 운동가. 마음챙김과 평화에 관한 가르침과 저술로 전 세계인의 존경을 받고 있다. 미국, 유럽, 아시아 11곳에 사원을 세우고 승가라고 부르는 천여 곳이 넘는 지역에 마음챙김 수련원을 설립했다. 『포옹』, 『화』, 『틱낫한 명상』, 『우리가 머무는 세상』을 포함해서 명상, 마음챙김, 불교에 관한 책을 100권 이상 저술했다. 최근 저서로 『지금 이 순간이 나의 집입니다』가 있다.

• 파울로 코엘료 Paulo Coelho

대표작 『연금술사』가 전 세계적으로 1만 6천만 부 팔렸으며 423주 동안 뉴욕타임스 베스트셀러 목록에 올랐다. 『연금술사』는 영성에 관한 가장 영향력 있는 책으로 평가받고 있다.

• 페마 초드론 Pema Chodron

불교 교사, 비구니, 작가, 어머니, 할머니. 서방 세계에서 티벳 불교를 알기 쉽게 설명하는 해설자로 널리 알려져 있다. 『마음을 열고 평화롭게』 등 여러 권의 책을 저술했으며 최근 『Fail Fail Again Fail Better: Wise Advice for Leaning into the Unknown』를 출간했다. 『When Things Fall Apart』가 뉴욕타임스 베스트셀러에 올랐다.

• 폴 윌리엄스 Paul Williams

그래미상을 다섯 번 수상한 작곡가, 가수, 작사가. UCLA에서 마약 재활상담사 자격증을 받았다. 트레이시 잭슨Tracy Jackson과 공저로 『습관의 감옥』에서 자신이 중독에서 회복하는 과정에서 얻은 교훈을 담은 책을 저술했으며 두 사람이 함께 'Gratitude and T' 팟캐스트를 진행하고 있다.

• 필 잭슨 Phil Jackson

전설적인 NBA 코치로 1989년부터 1998년까지 시카고 불스의 수석 코치로 재임하는 동안 여섯 차례 NBA 우승을 이끌었으며 그다음에 LA 레이커스로 옮겨 2000년에서 2010년 사이에 다섯 차례 NBA 우승을 기록했다. 시카고 불스와 LA 레이커스에서 팀워크를 위해 마음챙김의 선 철학을 실천했다고 한다. 2014년, 뉴욕 닉스의 사장으로 취임했다.

THANKS TO

감사의 말

"나는 왜 그런 생각을 못 했을까요!"
짧은 한마디 말이지만, 인터뷰를 할 때마다
나는 이 말을 듣고 싶었고 직접 경험하고 싶었다.
이 말은 어떤 장벽도 뚫을 수 있는 영적인 힘을 담고 있다.
아무리 깊은 절망도 다스릴 수 있는 깊이와 무게가 있다.
새로운 깨달음의 축복을 내려준다.
우리 시대의 위대한 사상가들과 이러한 지혜의 대화를 나누는 일은
나에게 큰 특권이자 영광이다.
〈슈퍼 소울 선데이〉에 출연해준 분들께 무한한 감사를 드린다.
그들이 걸어가는 영적 여행과 지혜로운 말씀은 우리 모두
인간적 경험을 공유하는 영적인 존재임을 확실히 알게 해주었다.
에미상을 수상한 〈슈퍼 소울 선데이〉 제작진에게 감사드린다.
그들은 내 꿈이 현실이 되게 도와주었으며,
제나 코스텔닉은 이 가르침들을 엮어서 책으로 만들었다.
예술, 자연, 인간의 정신 사이의 공생 관계를 이해해준
찰스 멜처, 아론 케네디, 그리고 멜처의 팀에게 감사드린다.
이 말씀들을 세상 밖으로 내보낼 수 있도록 도와준
봅 밀러, 휘트니 프릭, 그리고 플래티론 사와 맥밀란 사의
모든 이들에게 감사드린다.

옮긴이 **노혜숙**

이화여자대학교 수학과를 졸업하고 서강대학교 대학원 철학과를 수료했으며, 현재 전문번역가로 활동하고 있다. 『지금 이 순간을 살아라』 『블리스, 내 인생의 신화를 찾아서』 『완벽의 추구』 『아이리스』 『창의성의 즐거움』 『타인보다 더 민감한 사람』 등을 우리말로 옮겼다.

오프라 윈프리,
세기의 지성에게 삶의 길을 묻다

위즈덤

초판 1쇄 발행 2019년 6월 14일
초판 4쇄 발행 2019년 7월 24일

지은이 오프라 윈프리
옮긴이 노혜숙
펴낸이 김선식

경영총괄 김은영
책임편집 김정현 **디자인** 문성미 **크로스교정** 조세현, 이상화 **책임마케터** 이고은
콘텐츠개발2팀장 김정현 **콘텐츠개발2팀** 문성미, 정지혜, 이상화
마케팅본부 이주화, 정명찬, 최혜령, 이고은, 권장규, 허윤선, 김은지, 박태준, 배시영, 기명리, 박지수
저작권팀 한승빈, 이시은
경영관리팀 허대우, 박상민, 윤이경, 김민아, 권송이, 김재경, 최완규, 손영은, 이우철, 이정현

펴낸곳 다산북스 **출판등록** 2005년 12월 23일 제313-2005-00277호
주소 경기도 파주시 회동길 357 2, 3층
대표전화 02-704-1724 **팩스** 02-703-2219 **이메일** dasanbooks@dasanbooks.com
홈페이지 www.dasanbooks.com **블로그** blog.naver.com/dasan_books
종이 (주)한솔피앤에스 **인쇄 · 제본** (주)갑우문화사

ISBN 979-11-306-2203-3 (03840)

• 이 도서의 국립중앙도서관 출판시도서목록(CIP)은 서지정보유통지원시스템 홈페이지(http://seoji.nl.go.kr)와 국가자료종합목록시스템(http://www.nl.go.kr/kolisnet)에서 이용하실 수 있습니다.
(CIP제어번호 : CIP2019020963)